三月雷 著

萤火飞扬静

——散文创作技巧与文笔提升范例

知识产权出版社
全国百佳图书出版单位
——北京——

图书在版编目（CIP）数据

萤火飞扬静：散文创作技巧与文笔提升范例 / 三月雷著. —北京：知识产权出版社，2020.9
ISBN 978-7-5130-6792-8

Ⅰ.①萤⋯　Ⅱ.①三⋯　Ⅲ.①散文－文学创作研究　Ⅳ.①I056

中国版本图书馆CIP数据核字（2022）第032317号

内容提要：

本书分为上下两编，上编"散文创作技巧漫谈"，探讨散文的创作技巧，作者以登山、漫步过程形象地分析散文创作思路与创作技巧，下编"文笔提升范例"，精选作者创作的多篇散文，分为思亲、怀乡、励志、弘扬正气、鞭策成长、随笔、格调提升几类主题，也是对上编理论部分很好的实践，对散文写作具有一定的借鉴意义。

责任编辑：阴海燕　　　　　　　　　　　　　　　　责任印制：王浩霖

萤火飞扬静——散文创作技巧与文笔提升范例
YINGHUO FEIYANG JING——SANWEN CHUANGZUO JIQIAO YU WENBI TISHENG FANLI
三月雷　著

出版发行：知识产权出版社有限责任公司	网　址：http://www.ipph.cn
电　话：010-82004826	http://www.laichushu.com
社　址：北京市海淀区气象路50号院	邮　编：100081
责编电话：010-82000860转8693	责编邮箱：laichushu@cnipr.com
发行电话：010-82000860转8101	发行传真：010-82000893
印　刷：北京中献拓方科技发展有限公司	经　销：新华书店、各大网上书店及相关专业书店
开　本：710mm×1000mm 1/16	印　张：13
版　次：2020年9月第1版	印　次：2020年9月第1次印刷
字　数：200千字	定　价：58.00元
ISBN 978-7-5130-6792-8	

我的励志成长之路
——为《萤火飞扬静》备个序

想为自己的散文结个集，苦思冥想了数日，最终定名"萤火飞扬静"。

多日的自我欣赏，多次与网友互动，感觉良好，心境自然恬静，要求也自然就高了许多，这不，浮出集结成册、努力付梓的想法。原有请名家提前写个序的想法，可自认在这方方正正的格子上摸爬滚打了几十年，已付诸铅印的也近千万字，结识的编辑也不少于两位数，竟然没有一个名家认识我，我也不认识一个名家，备感羞愧，甚是难堪，这请名家作序的想法也就自然作罢。

自家的孩子还是自家抱着温馨，自个儿取个名字，自个儿叫来顺心，当然也只有自个儿品尝到养儿的辛酸。时间长了，也只有自个儿了解孩子的习性。知子莫如父嘛。

硬是要请别人来评说，别人也许碍于情面会说些锦上添花、蜜里添糖的话，难免触及不到精髓，多是些奉迎。

这也难怪，如果谁说这孩子长大了，将来是要当官发财的，孩子他爹娘自然高兴，会给别人捧个烟糖，起码也会赔个笑脸。如果谁说这孩子长大了，将来不会有多大出息，甚至说是个惹祸的，谁家的父母还高兴得起来，别说笑脸，恐怕几日心里也不得安宁。遇到心眼儿小的，兴许还会找别人理个清白，非闹得让人赔个不是，方可罢休。

思来想去，还是自个儿来备序。

"萤火飞扬"在南方农村是非常普遍的美景。喜欢萤火飞扬的美景，或多或少体现思旧的情结，也有对萤火的真诚赞誉。这萤火与阳光、月光、星光一样被人熟悉，同样带给我们光亮，但太阳、月亮、星星离我们十分遥远，触摸不得，可望而不可即，只有这萤火虫，光虽弱、虽短暂，但稍作努力就能捉得住，摸得着，还看得清，自然这感情的天平偏向了萤火。这也与我渐渐养成的"无悔虚度年华，不枉投胎人世"的信念相匹配。

萤火飞扬的时候，一定是夏季晴朗的夜晚。那萤火飞扬时，时常有知了报幕，蟋蟀伴奏，青蛙领唱，当然还有蜘蛛的结网待餐。在月色中，看到萤火飞扬，顿感万物寂静，唯有其美，独善其真的视角冲击，那情，那境，真可谓无以媲美。

无论房前屋后，无论瓜棚、树林、荷塘与村舍，只要空气清新，只要流水清澈，就会呈现萤火飞扬的美景。无论窗前月下，还是花丛柳荫，只要有闲情逸致，只要心静如水，在那没有灯光的夏夜，静静地望着荷塘，静静地想着荷塘，就会激发萤火飞扬的意境，如泉涌的思绪自然也就会被萤火驮着在夜色中划过，一闪一闪地发着微微的光。这微光虽燃尽不了情伤恨怨和理还乱的忧愁，但能将关注你的知己、益友吸引过来，共享这静谧，何乐而不为。

时光虽短暂，消逝却永恒。萤火的光虽然微弱，微弱到让人难以看清额头上的皱纹，但她还是努力想照亮整个世界，总想飞得更高，总想飞得更久。看那最后一搏所留下的起伏弧迹，你就知道她使出了浑身解数。

我们每一个人，只要还活着，就要为生活而奔波，只要还活着，就要为社会争荣光，哪怕生命短暂，哪怕力量微弱，只要我们努力了，如同萤火一样，就会在这个世上留下奋斗的痕迹。

有朋友问，这"静"，是不是代表一个以"静"为名的青梅少小，是不是那歌里唱的长着又粗又长的黑色发辫，善解人意，叫"静"的乡村淳朴小姑娘。我无以相答。因为人生中总会有那么多名字里含"静"的好姐妹、好兄弟有缘在一起学习、玩耍，同窗共桌，虽少有情感的交流，但身影早已刻痕在脑，难以隐去，而沉静、淑静、雅静的好姊妹始终关注我、支持我，真不知如何回答是好。因此，这"萤火飞扬静"的"静"与人名无关，本意源自心态的恬静、环境的安静、心境的静谧。

心态恬静，才能自己掌控自己的思维，才能在这纵横的人生方格之上随意爬行而不知疲倦。也才能随心所欲，写出有创意的美言佳句，才能让自己越读越乐乎，越活越年轻。

环境安静，才能让人感到安全、心态平稳，自然也就能做自己想做之事，自然也就能创作出对得起读者的好作品，当然也就有成就来回馈自己的爹娘、妻儿和诚心祝福的朋友，以及同窗知己。

夜色静谧，心与环境完美和谐，自然让心境进入了另一个世界。不为与人的争论而烦恼，不为与人的争利而劳心，更不为与人的相猜而苦闷，突然感觉到了七尺之躯存在的非同凡响，突然感觉到了个性张扬的无与伦比，同时也感觉到有一股难以抑制的能量刺激着想飞扬，要飞扬。

萤火飞扬，万物归于宁静。

我心我静！

是以为序。

目 录
CONTENTS

上 编

散文创作技巧漫谈

文笔提升范例

后记　//　191

上编

散文创作技巧漫谈

无论什么专业都有其特定的技巧，写散文也不例外。本编专门探讨散文的创作技巧，分享创作心得，希望对读者就散文的联想、构思、润色及创作风格的形成提供有益的借鉴。

散文的形散神聚

"形散神聚"是散文的主要特征。三月雷的创作也始终把握这一主旨。如三月雷《以登山的心态写散文》就是用一种休闲的心态完成的。用笔随意，但始终围绕散文创作的特点与登山进行比较分析，简洁明了地告诉读者散文创作的技巧。

"形散"主要是说散文取材十分广泛自由，不受时间和空间的限制；表现手法不拘一格：可以叙述事件的发展，可以描写人物形象，可以托物抒情，可以发表议论，而且可以根据内容需要自由调整、随意变化，毫无定形，显得十分散漫，这是文章表现手法与用词用句即段落组织上的散漫。

"神聚"主要是从散文的立意方面说的，即散文所要表达的主题必须明确而集中，无论散文的内容多么广泛，表现手法多么灵活，无不为更好地表现主题服务。每篇文章都有作者想要说明的某种观点，或想要抒发的某种情感。

为了做到"形散而神聚"，在选材上应注意材料与文章中心思想的内在联系，在结构上借助一定的线索把材料贯穿成一个有机整体。本书下编"文笔提升范例"中就体现了散文中常见的线索：思亲，怀乡，励志，弘扬正气，鞭策成长。

散文的形散神聚，不仅题材不限，格式不限，段落、文体与风格的要求也不限。表现手法鼓励勇于创新，甚至连主题也是不拘一格的。

虽然不拘一格，但散文毕竟是用文学艺术反映时代面貌，自然要有时代的特征。散文创作的"不拘一格"，其实质是想象力丰富，语言瑰丽多姿，或多或少体现作者的浪漫主义或实用主义风格。

以登山的心态写散文

到了万山之省的闽南，对登山有了格外的偏爱，这写散文的感悟也随着登山次数的增加而日渐丰富。

写篇散文就如同登山。

走到山脚下，你得了解你所处山的大概方位，知道自己今天所选择的登山路径，并有一个合理的时间安排。更主要的是得明白你登山的目的，是上山观景、锻炼身体，是去寺庙烧香、许愿还愿，还是应友相约，纯属无聊的消遣与时光的打发。还要了解自己的体力和喜好，是准备一路小跑抑或漫步缓行，还是走马观花，停停走走，可以完全由着自己的性子。

写散文首先要有个好的开头，就是要选好主题。三言两语说明你本篇散文要达到的目的或意境。让人一看就明白，一读就懂，不能说了半天，让人不知道你想表达什么，更糟糕的是给人思维十分混乱的错觉。

一篇散文确立一个主题，确立一个路径，不能是多主题，也不能引发多路径，否则，容易让读者产生审美疲劳，甚至产生混乱感，让人的思维调整不过来。这样就难以形成共鸣，也就算不上一篇优美的散文了。

散文的开头可以写作者当下最关注的事、最关注的人、最想表达的思想，尤其是心灵的纠结点或要向人展现的切入点，点到为止，直接入题。或者写对现今某一已经形成的观点产生的质疑，或指出与谁或哪一观点产生的分歧，或简要说明解决问题的方式、方法，或略举一例，以此作为引子，或者起个话题，或设个悬念，或布个迷局。这一切，都只是为下文的展开打下良好的基础或伏笔。

进了山门，你要思考进山的最佳路径。体力差点的，选择盘山公路；体力好点的，选择砌筑的弯曲石道；精力十分旺盛的，可选择天然野道径直攀缘。一路上路边的花、树、小昆虫，飞舞的蝶、蛾、鸟，还有奇石怪景，人文胜观，甚至透过树影的阳光、稀疏的月色都可引起你的情感波动，这些就是散文的思维线索，从而产生散文的意境。

从散文主题的起笔点到形成意境的主线，在很大程度上取决于你的技巧、你的阅历、你的文字应用功底。但你所有的联想或意境不能离开主题，不能离开你所选择的路径。这时你的着笔要抓住散文开头主旨句中的关键词，结合所看、所思、所想，用一根无形的线将你所要表达的事项串联起来，让思维沿着这根线借"题"发挥，舒展开来。思维的结点一定是由开头主旨句中的某个关键词诱发，不能脱离主题，要顺势而书，让思维流畅，符合美学、修辞、逻辑和生活规律的要求，尽快入题、切题。

爬了一段时间，自然要小歇一会儿，见到石墩、凉亭，或一小块儿平缓草地，就会想坐一会儿，或躺一会儿。在歇息的过程中，有点闲暇，你可能会补充一点能量，或者舒展一下略显疲惫的身体，当然这不影响思考问题。你会产生感叹，你会与人对话、与物对话，甚而穿越时空与古人对话。静而不静。

散文也是如此，你要适当地写些与散文主题"无关紧要"的事，即自言自语的感慨。这些看似与主题无关的感慨，能使你的文章产生张力，形成节奏、层次的穿透力，如同攀登到一个小小的平台，给读者一个思考与喘息的机会。正是这些自言自语，体现了思维的超越。你的所想、所思看似与主题无关，但让主题的内涵更丰富，寓意更深刻，似与古人交流，或是与读者共鸣。这就是散文创作中的闲笔。

"闲笔"，一是体现心情闲，淡淡的几句，让人获得片刻的轻松，透射出作者的雅致；二是一种补遗，让读者有意外之获，说说某些文中所处的场合不便说的话，又无伤大雅，或借题发挥，或抱怨发泄几句；三是给人一种情感跌宕后的静谧，或者是静谧后的狂热，让人心情张弛有度，从而产生反差的美感，以更好地烘托、激发内心的真实情感。

"闲笔不闲"，如同早晨绿叶上的露珠，它对主题起到烘托与润色作用；如同给予读者额外的彩头；有时还如同绿叶对鲜花的陪衬，本写鲜花，突然转笔写绿叶，从侧面丰富主题。这是散文联想所产生的情趣，更是散文的奇特魅力所在。

要做到闲笔不闲，就不能违背主题，甚至反诘主题。闲笔要注意逸情于正题之外，但又不破坏正题的主旨。而且闲笔也不过是一小景、一细节、一遐想、一习俗风情、一人文景观或一名人名言，或几句引人深思的议论，或名篇名著的妙语、佳联。闲笔或三言两语，或一言定音，但对整篇文章而言，可能会起到一叶知秋、一语惊人的效果。闲语不会改变整体的思维路径，更不会喧宾夺主，它会对你事先所选择的路径或要达到的目的起到更好诠释的作用，是一种记忆的锚定。

闲笔如同登山时的小歇，体力上可能有点不支，思想上可能有点犹豫，不想继续下去，但并没有往回走的意思，也没有走到其他偏道上去的想法，或许是在回味路上的所见所闻，或者对某一话题更感兴趣，而坐下来思索一会儿。所以闲笔往往是见机行事，顺势而为，或是语调、意境的转折，不可强求，不可生硬，要恰到好处，让人感到自然贴切，给人以"等闲拈出便超然"的共鸣。

小歇一会儿，还是要向上攀登，山上的景观可能更美，视野越来越开阔，登高望远，心情自然舒畅，神采奕奕，思维也豁然开朗。爬山人的体力、毅力、技巧也可能面临更高要求的挑战与考验。

文章写到一定程度，越往后，你的情感会越加丰富，知识的爆发力也会越加强烈，所以散文的气势也开始呈现。而对你的知识、技巧与全盘把控能力的要求也越来越高。可重点就某一景进行评论，可就某一事进行讲述，可就某一历史事件进行回望，也可就某一小的物件进行详细的描述，总之你的才情要在小歇后尽情展示。这一展示必须围绕主题，要顺势而为、顺意而发，给人以行云流水的感觉。

到了山顶，你会有什么感想？也许会感觉你是胜利者，也许会长叹一口气，也许会生出比平时更多的人生感叹……浮想联翩下，也许会欣然起舞，或放声高歌，或尽情吟诵，发出"高处不胜寒"的惊人之句。

散文也是如此，在达到一定高度后，就要注意收笔，实质上就是要对所写的事、所抒的情进行概括性总结，起到点睛作用，给你所写的文章插上翅膀，让散文的精髓飞起来。也就是要把文章的境界带到一个更高处。见到天上云，那是鹤的家，见到松的形，那是客的礼，见到流水的波，那是鱼的乐。要通过极精练的几句话写出感想，对散文进行"拔高"，而不只局限于个人的恩恩怨怨，只为个人的情仇发发牢骚或感叹丁点儿的疲劳、辛苦或喜好。优美散文的所思、所想、所感，往往立足于历史或现实的大背景，与国家、民族、社会的整体利益相联系，与物质世界、精神世界相糅合。比如因"义"而感慨，可落笔于情义，还可落笔于社会的正义，更可上升到民族的大义。这才体现出作者的阅历、才情、心志与情怀。

上山容易下山难。爬到了山顶，你就要想到返程，返程要注意安全。散文收笔后，要整篇分析一下，分析全文有没有原则性的思想偏差或思维迷途，尽早纠正一些思想上、功底上的低级错误，笔锋一转，使之回归到主题上去。下山的路上，你还会回忆所见、所想，或许到了家里，你还放心不下，还会打开电脑，走近书柜，为登山路上的迷惑寻找答案。这就是相当于为散文的主题收集相关资料、信息、名人典故，弄懂、弄通文章中的迷惑，发现问题，找出差错，这就是所谓的对散文进行润色。

每一次登山或写篇散文是体力的锻炼，是知识储备的检验，是文学素养的提升，是正能量思想的升华。

散文有技巧，只要常登山；登山多感悟，散文更丰富。

花溪小径与散文的节点路径

饭后常散步于楼下的花溪小径，就有了花溪小径与散文路径的感悟。散文的路径犹如"文眼"与"线索"，但又不同于"文眼"与"线索"。

"文眼"是指文章中能点明内容情感与谋篇布局的只言片语或最精练的语句，即文章的点睛之笔。文眼一般在文章的开头或结尾，有的就是标题，也有的嵌于文内的"闲笔"之中。

"线索"是作者选择材料的准绳，是内容描写、记叙的脉络，是文章结构的轮廓，抓住线索就抓住了作者的思路。线索可以是某个中心事件、某个人物、某个具体的事物，甚至是一个小小的物件，还可以是作者较为具体的感情体现。使线索清晰的技巧在于你是否能提取出其中最抓眼的关键词。

散文的路径节点一定落在线索之上，但不一定都是文眼。而文眼，它一定是嵌入路径节点之中，落于线索之上。路径节点就好像一条弯弯曲曲的花溪小径，从开头到结尾，有很多处转弯的拐点，这些拐点即为路径节点。

写散文犹如漫步于林荫之中的花溪小径，走在小径上，可以观、品、感，甚至可以摸、可以嗅，但你不能越出小径半步，去践踏小径之外的花、草等有生命的东西，否则就会产生违规的感觉，甚至产生犯罪感或罪恶感，见到"小草有生命，请君步留情""茵茵芳草绿，践踏君何忍"的温馨提醒，自当"脚没出径脸先红，花没埋怨心自愧"了。这就是散文的格调，你要在标题和主题所限定的格调内充分想象与描绘，不能让脱缰的野马越雷池，而"赴红尘"，而"厌凡世"。

散文路径节点可在标题、开头、结尾、过渡和段落等关键处，还有的隐于所谓的"闲笔"之中。

文章的标题应是文章思想、情感与意境升华的高度概括。因此，一般散文的标题应尽量符合"简""淡""雅"。文章中一句经典的话，最有哲理的句子，最有意义的一个小物件，作者所关心的一件小事、一段小景、一个亲人的称呼或名字等，都可能成为抓住文章内涵的绝佳标题。

"简"就是简洁明了。好的标题给人以中性的情感，让读者在阅读中品味其中所饱含的情感。标题简单，文风也自然简单；作者简单，读者也自然简单；如果你简单，那么这个世界也就简单。简单不是无知，不是糊涂，是无为而为的学识与智慧；简单不是浅薄，不是笨拙，是勤能补拙的辛苦与朴实。用最简单的语言表达最真诚的情感，用最简单的行为或思想，去打动简简单单的人心。从无欲、无忧的简单之中，体味平淡从容的创作乐趣。

"淡"就是要对表现文眼、线索的标题尽量少用修辞语。标题如果太浓，会冲淡内容，会冲淡真实的情感。既然题目是文章精华的浓缩，那就不要过多地装饰、过多地诠释，否则，画蛇添足，适得其反。一份淡泊，一份宁静，就如深入细致地品一盅清茶，恬静之间咀嚼、品味、感悟漫漫人生，苦后回甘，意味犹尽。

"雅"就是要雅俗互见，雅俗共赏。标题要用能抓人眼球的简洁之笔，要能被大众所接受，而不标新立异。散文要有独到见解与情感，但不能超脱大众可以接受的范围。散文只有"以俗入雅，将俗补雅"，才能为大众所认同，所接受，所珍藏。散文具有形式上的散、题材上的散、立足点上的散，但"形散神不散"，浓缩着作者的情感、知识与阅历，使其在散的发挥或情感的寄托上有了极大的空间与自由，但纯粹的雅又很难成为精品之作，因为雅文如果雅到只有作者自己才能真切感受，而将大众读者拒之门外，也就失去了雅的意义，那顶多称之为孤芳自赏。显然，雅不是怪，不是僻，更不是孤，"俗"不是丑，不是怪，更不是低级的"下三流"，散文标题要做到是"借雅写俗，以雅化俗"。

走进弯弯曲曲的花溪小径，也因有娴雅的时光、淡雅的情怀，如清茶的淡淡的一抹清香、一缕心音、一份真情，那份幽香、那份清醇、那份淡雅，都在默默地品味之中，都在那蓦然回首中感悟着人生的最美好的真谛。

文章的开头与结尾，常与文章的标题紧扣，自然也是散文路径节点的起笔与落笔。好的开头让人一看就明了，一读就懂，知道你下一步想写什么，想发什么感慨。自然，开头与结尾同样要遵循"淡"的原则，淡名、淡利，自然、脱俗、淡泊，一切方可入幽美邈远的意境之中。这花溪小径的闲步自当从容、淡定。

有的散文很难看出路径节点，如沿长堤直岸而就的散文，但你不能不说它没有花园小径两旁的精彩。或许作者是沿历史的长河或人类文明的堤岸漫步，在读完文章后纵观全文，你会发现同样是曲径通幽。就像流动的曲线贯穿整篇文章。这条起伏变化的曲线可能是事物本身的变化，或许是由一个小事件引发的对人生哲理的反思，或许是时间的顺序，或许是事物内在的联系，或许是利益纷争的冲突，或许是情感的起伏。关键是你要善于抓住写作过程中对事物、事件、人物等的情感变化所留下的心迹，或人文烟云划过长河留下的痕迹。要善于在情感变化中寻找这些路径节点。

意境完全在于你的联想。曲径通幽处，有小桥，有流水，还有人家。你一路走来，可观花，可摘果，可折枝，见到桥下的小鱼，你也许会感悟到小鱼的忧乐。漫步之中，或许你还会遇到熟人，打个招呼，相互握手、寒暄，如果有共同语言，还会东家长西家短地扯个没完没了，但没有走出你的路径。遇到石板、石磴，或是平坦的草地、洁净的长廊，或坐，或躺，曲径处，思想、情感也自然多变，或许还会时而微笑，时而泪涌。任其自由发散，随心随缘，这就是作散文。

哪些现实的生活素材可以成为作散文的路径呢？

事物的形象可以成为你的路径。事物的外在表现形式是什么，让思维进入微观或宏观世界里进行细致或全方位的探索。这往往需要专业的技能来支撑，需要对生活的体验来充实，需要对偶发的灵感进行极度发挥。

感情的发展可以成为你的路径。感情是随着文字的流淌而发生变化的，也许因为某一事而快乐或悲伤或由爱到恨再逐渐平淡，或由陌生无感到慢慢熟悉而产生情感。

时间顺序可以成为你的路径。你可以穿越，但要学会掌控，注意"笔锋一转"的能力体现。散文总体的时间笔调是回忆。回到现实，进而展望未来；回忆过去，进而要求自己安于现实；描述现实，进而让过去的快乐或痛苦与现实进行"碰杯"。

空间顺序可以成为你的路径。左右，上下，前后，正反都可以成为你叙事、人物刻画的路径。空间可广阔如波涛汹涌的海面，也可狭窄如长满荒草的枯井。

人物活动可以成为你的路径。可以从隶属关系、亲属关系、朋友关系、活动的场所入手，结合时空观、行为、心理、穿着、喜爱、语言、修养等来贯通路径。要善于描述人的异常，与众不同的行为，独特处事的方式、方法。这就是你所要找的"文眼"。当然你还要揭示怪异与丑拙的原因，或者上升到心灵中所隐藏的一种力量或境界。

事理可以成为你的路径。符合逻辑，符合道德规范，符合民俗，符合特定的专业技巧的事理，如审美观、价值观、人生观、哲学观、世界观都可能成为你行文的节点路径。

优美的词句可以成为你的路径。在一篇文章中，可以通过将你喜爱的词句嵌入各段落之中，从而成为你的路径。优美的词句更能吸引眼球，可起到较好的标识、引导作用，也给读者美的感受。但优美的词句一定要围绕主题精挑细选，不能过多、过频。

思绪可以成为你的路径。通过联想和想象，把有关的材料组织在一起，任由思维在天空、原野驰骋，以此来突出主题。

路径是作者思维结合现实的感悟提升在文章中的体现，也就是统摄和连缀各个路径节点所见、所闻、所思、所想的纽带。用总的路径统揽全文，总要有能联结和贯穿起来并推进情节发展的一条主线，正像一个比喻：如果拥有一盘珍珠，还需要一根绳子把珍珠串起来。应该说，任何一篇记叙性的文章，无论是记人叙事，还是写景状物，总是要紧紧攥住这根绳子，才能把所要表达的内容有层次地串联起来，形成一个有机的整体。

路径的设置，情况比较复杂，不同体式的文章，不同内容与表达风格的文章，都可以有不同的路径。有的文章路径清楚，甚至有明显的标志，有的文章路径就比较模糊，还有的文章路径与记叙顺序、叙述方式结合而隐含文中，难以分辨。但不管是哪种情况，场景的变换，情节的推进，事物发展的脉络，在文中总会有某种轨迹。

总之，凡能贯穿众多材料，体现材料间内在联系，有利于文章中心的，都可以视为文章的路径节点。需要注意的是，路径节点应该为"文眼"的展开而服务，为主题的表达而服务。

好的散文能够抓住人眼、心眼与情眼，而抓点则躺卧在散文的节点路径之中。

散文的似水若静

散文不同于小说。小说是虚构事实，以设置冲突、悬念为着笔点，散文则以作者的真实生活体验，真实的情感流露，以灵感或"一刹那"的奇思妙想作为着笔点，再通过联想、对比、回忆等方式将其呈现，这个过程如同毛坯的房屋经过主人的精心装饰，刻意打扮一样，进而给人以舒适、温馨与养眼的静美。

创作散文需要境界，需要情感的升华与意境的提升。散文属于美文，属于闲情逸致，属于月色下的闲庭信步，更属于弯腰于海边拣拾的浪花，赤脚在沙滩追逐的潮汐，漫步在原始森林感受的落叶、空气与阳光。让你感受到美，品味美。

散文的境界就是要致力于追求散文的似水若静。"似水"指形散似水；"若静"指神聚若静。避免让你的作品落入"费力而无功，有刺而无骨""华丽而不实，纵情而不感人"的窠臼。

"形散似水"就是散文的取材广泛。散文的取材似水，无固定格式，无固定模式，更无固定的心迹。上至天文，下至地理；间容万象，包纳万物；阔谈宏观，细说微观；猎奇涉异，无所不及，无所不触，但材料一定要源于生活，来不得半点虚假。这里仅探讨第一人称视角的散文。某一材料一旦被吸纳到文章之中，就立即打上了"我"的喜怒哀乐之烙印，代表着"我"的人生经验、观点感受或主观意识，披上了"我"的情感色彩之外衣。散文内容要充实，哪里有水，哪里就有生命；哪里有生命，哪里就离不开水；哪里有生命，哪里就会萌发出散文的绿芽。像生活的海洋一样，语言的海洋也是辽阔无边的。"行文潇洒，不拘一格，鲜活的文气，新颖的语言，巧妙的比喻，迷人的情韵，精彩的叠句，智慧的警语，优美的排比，隽永的格言，风趣的谚语，机智的幽默，含蓄的寓意，多种多样艺术技巧的自如运用，将使散文创作越发清新隽永，光彩照人。"但这一切一定要避免落入华丽辞藻堆砌的俗套或没有丁点儿色彩的枯燥两种极端。

散文的神韵要气势夺人。水无常形，在于创作的思维是自然而泻，而非拿出容器去盛装。思如泉涌，而不能有外在的压力，不受外在的影响。水无常形但又可随意顺势入形。江、河、湖泊、海洋、坑、塘、堰、井和大自然的奇形怪状大都是水的绝妙之作。

散文的笔调时而气势磅礴，时而低吟浅唱，时而装腔作势；时而如诗如画，曲径通幽；时而情真意切，精彩纷呈。让读者产生新鲜独特的阅读感受，给人以表现手法上的出奇制胜。归根结底还是要有水的那种势不可挡、汹涌奔流的气势，做到"无常形胜有形""无蛮力胜有力""无作为胜有为"。再有，散文的形式浩渺，立意独特，如同"黄河之水天上来"，势不可阻，但基本的走势又"恰似一江春水向东流"，始终迎着太阳升起的地方，体现散文的笔调意在追求洁净完美、淳朴向上的正能量。

散文的包容给人以水的蕴涵。一滴水可成露、成雾、成珠，同样可以折射人生的艰辛、思维的奇妙；无数水可以形成海洋湖泊、冰山雪谷，可以成就人生的传奇、生命的缤纷。但无论多少，无论形态，水的本质不变，水的品位不变。"我"的思维是油然而生、油然而感，不得有半点的做作。通过作品能够透视出"我"的阅历、经历及心路历程。散文中的取材尽量用"我"所经历的事、所接触的人、所认识的理，向读者展示"我"所亲身感受的心灵历程。

一位作者不能改变世界，一篇散文也改变不了世界。因此，水的流动是借势、倚形，而不倚仗蛮力逆流。写散文创作也一样，从一开始"我"要注意笔调符合时代、社会与大众的品位，并通过特有的技巧形成自己独有的风格。

似水无常形，表明散文的立意要独特，就是说"我"的感悟是体现"我"独特感情、独特意志、独特感受、独特体验的，一切以"我"为真，以"我"为形。但最终要盛于有形，犹如端上桌的大餐，不可没有盘子，而所盛的容器一定要与佳肴的"色、香、味、形、量"相匹配，独特的立意在巧妙的文字表达下，犹如"好花配好盆，好马配好鞍"，给人以整体的美感。

"神聚若静"是指写散文的人一定要心静，以平常之心看待个人挫折，看待个人名利，看待社会利弊。散文的"若静"要求文字语气中肯、平和，读来委婉动情，思来行云流水，犹如有轻音乐的背景，给人以心情舒展的雅致，给人以环境宁静的格调，给人以健康向上的情趣，让人有顺畅的心情去思考，去感悟，"印迹宁静、痕迹恬静、心迹平静"才能展示出这种独到的静美。

"心迹平静"是指"我"一旦感触到生活中偶发的、片断的事物后，就有充沛的精力去连接、反映、收集其复杂的背景、深广的内涵和抓人的感悟。从灵感产生到笔下有神的构思阶段要一直不断地思考、探索，继续认识所要描写的对象，深入发掘其底蕴、内涵和深刻的历史背景。这是一种复杂的、艰辛的、严肃的思维过程，是对作者品行、修养、素质的检验。心迹平静，构思奇特、缜密，联想的翅膀自然能够飞起来。还要有广博的学识，掌握事物之间内在的联系和底蕴，有个人的创造性和激情，有个人爱好的广大空间，否则心迹如何浮生，更不可能飞得更高、更远。

"痕迹恬静"指散文取材一定要原汁原味。第一人称视角的散文中所涉及的事一定是"我"所做的，所处环境、所处年代与所处社会背景是被"我"亲身感受的。任何作品不能离开特定的历史舞台或社会的大是大非。正如干锅手撕包菜是大家最熟悉的家常菜，而味道纯正的关键是包菜要用手一层层地撕开，其包菜的味道才能纯正，如果为了图省事，几刀切开，就会失去手撕包菜的原汁原味。痕迹恬静的道理就在于此，也就是说对于材料的选取不得有丝毫的投机取巧或哗众取宠之嫌。

"印迹宁静"指散文取材一定要抓铁有痕，说理有据。要将"真知、真见、真性、真情化作文学和谐的色彩、自然的节奏、隽永的韵味，以体现'我'驾驭文字的娴熟，笔墨的高度清晰"。散文的取材一定是为了印证"我"的心迹，划过历史的痕迹，衬托情感发展的轨迹，即使是所谓的"闲笔"也一定要与散文的主旨相互关联，相互印证。就如同走在南方的花园小径，"我"所看到的一定是南方花园特有的植物、花草，而不能偶遇野生的大型猫科动物，或只有适应北方生长的植物、花草。在历史的审视中更不能出现"关公战秦琼"的谬误。除非是"我"独具匠心的意在设置矛盾的冲突，或事理的悖论，或反差的异美，或用讥讽、辛辣的笔调来揭示某种事物的黑暗面。一旦读者的思维受到了挡阻，也就不会有恬静的心情去思考深层次、完美性的内涵了。

由于事物间的联系是深邃而微妙的，"我"要善于从纷繁错综的联系里，发现其独特而奥妙的"文眼"，让思如泉涌，让想如行云，从"有想法""有看法"到"合己意""合心意"，再到"书己情""立己志"。而这一过程一定要保持平静的心迹，不得有半点的浮躁。创作时，要静下心来，挖空心思找到准确的词句，运用很少的笔墨表达丰富的思想，达到"言简意繁""言简意赅""言简意深"。

"静水深流"，通过评估"水"的来势、走势与未来的趋势，最终选择以何种方式将"水"引入何种可以容纳的容器，是归入大海，是跌入深潭，是泻入平湖，还是任其滑入干枯的池塘。最终达到"我"的整体把控能力与笔尖的圆润能力，起到"形散神聚"的效果，让"我"的散文似水若静，最终归于恬静。"我"之心境也才能陶醉于"一片秋叶知世界，半瓣春花喻事理"的尽善尽美。

如何有效提升自己的文笔

文笔，就是写作的能力与技巧。能够用笔将所见、所想、所思与所感用文字的方式表达出来。文笔好的人能够充分表现出自己的才气，能够给读者以美的感受。

创作是对自己的积累进行选择、提取、加工、改造。积累是创作的基础，积累越厚实，创作就越有基础，文章就能根深叶茂开奇葩。没有积累，胸无点墨，怎么也不会创作出好文章来。当然，要提升文笔，最好的方式就是多读优美散文，多写散文。只有在不断的散文创作中才能得到有效的提升。

散文的创作，需要有四个方面的积累：

一是生活的积累。生活是散文创作的源泉，也是灵感与悟性的触发点。散文的素材主要来源于社会生活。在活生生的现实中有很多美的事物，要学会时时处处留心周围各种各样的事物，熟悉形形色色的社会现象，不断扩大自己的生活领域，捕捉生活热点，注意生活环境，在生活中多留心多思考，有意识地捕捉有意义的事、有趣的人、值得纪念的细节与物件，并随手记下。这样，发现多了，积累也就多了。创作散文与炒菜有些相通的道理，要提升自己的文笔，没有比领悟学炒菜更好的方法了：准备材料，整形与色香味的考究，注意火候、调味与装盘。写散文，如同学炒菜，通过色香味的考究，给人以美的感觉，百看不厌。写作也像嗑瓜子，口有余香，不由得你不再伸手去取，不自觉写完一篇，你还会去写，你会有密致的冲动。哪位散文作家写文章会感到厌烦呢？哪位散文作家又会觉得别人的思维比自己对文章的理解更透？一文一事，各种风格的文章放在一起，读来时而让人沉思，时而让人欢笑，让人回味悠长。

阅读和倾听，则是获取散文创作素材的另一途径。对于生活范围较小，生活经历有限的人来说，从这一源头获取素材最为直接，收获也更广泛。阅读书籍报刊，听取轶闻，可以获得许多无法亲身接触到的素材。可见，要想文笔得到提升，就要养成勤于阅读的习惯。通过留心生活，精于阅读，材料积累多了，便不会再出现无话可说的状况，进而泼墨成文，下笔成金。

二是词句的积累。词句是文章这所房子的砖瓦，要想提升自己的文笔，就要有意识地积累词句，读书看报，碰到富有表现力的字词句，听广播看电视、写博客、发微信，甚至听别人说话，得到的美妙言语，都要记录下来。平时碰到的成语、歇后语、名言警句等，只要自认为生动美妙的，就积累。这样，积沙成塔，集腋成裘，从而逐步建立自己的语言词典。同时，生活中碰到的生字词，要查字典、查网络。经过积累，语言丰富了，散文创作时自然左右逢源。

三是情感的积累。文章不是无情物，字字句句吐衷肠。散文创作只有将自己的情感体验，自己的真情、深情、纯情、至情付诸写作对象，文章才能情深意切，字字动心。可见，文笔的提升，必须有情感的积淀。而事实上，情感积累丰富了，写作时人秉性中的七情六欲就能自然流淌，进入一种情不能已的境界，写出的文章自然生动感人。平时要注意将每一次的情感流露所表现出的异常感悟或具有文化内涵的内容及时记录下来。

四是精妙写法的积累。大凡优秀的作品，本身就示范读者，文章该怎么写。通过熟读、多读各大家的作品，心领神会，自然学到散文创作的方法和技巧。阅读多了，积累多了，用于文笔提升的实践，必能提高其散文的创作水平。

有关如何提高文笔，三月雷的经验之谈就是要多写、多改、多换个角度表达所需要表达的情感。

建议你多爬山，以对文化历史古迹和奇花异草，多产生好奇之心，同时多写诗，在对大自然的品味中提高用字能力。哪怕三言两语，只要是包含真情的感受，就要及时地用诗一般的语言记录下来，久而久之，会养成如果没有形成文字的东西，就有种吃不香睡不着的感觉。

要注意细节，闲时写点散文，通过所看，一定要有所思、有所想。思什么，想什么？可以对过去的一些相关事情进行回忆，善于对生活的细节进行观察与思索。生活都是由一个个微小的细节构成的，而思念也存在于一个个微小的细节之中。一个个日子中能经得回味的恰恰是我们总不经意的一个个细节，它们犹如一道道金边，缠绕在些许琐事之中，细细品味，会品出不少的情感。平淡而琐碎，正是生活的本来面目。要善于体会与亲人在一起，与同学在一起，与值得我们回忆的人在一起的日子里那些印象深刻，却很细微的情节。

要注意情感提升。情感是对生活热爱的体验与情感的反映。写散文一定要从写诗开始练，学会对字词的替换，讲究用字用词的唯美。然后开始学写散文诗，再写散文。写散文可先从写景开始，再写事、写人。慢慢地形成自己的文风，达到较高的水准。

好文章能让读者如临其境，主要是通过意境来达到这一效果。用不同的东西来谈论某个事物，能使文章更清晰生动。这时的创作就需要精雕细琢。多注意各类修辞手法的运用，然后借鉴到自己的文章里去。带着思考结合生活细节写一段美文，胜过囫囵读过千卷书。有了一些基础的功底后，就可以追求自己独有的风格了。

散文的风格都是写出来的。但刚开始写，总要有模仿对象。怎么找模仿对象？具体怎么模仿？还得读书。写作风格等于作家个性，没有风格，就难以给人留下深刻印象。至少会有一种写作风格适合你，厉害点的，还可以在多种写作风格中自如切换。怎么找到适合自己模仿的作家？有个捷径，直接读名家名篇摘录，快速挑出适合自己的一类，再集中精神去读那一类。例如三月雷爱读泰戈尔、冰心等人的作品，自然追求文字的静美。若你有大段的时间用来读书的话，不妨多读些完整的篇目，这样对作家风格的把握更清晰。有时读书会发出种种感叹，"要是我也能写出这样的文字就好了"，"不知为何，总觉得读这个人的文字太美了"……最有兴趣，也读得最多的作家，是较合适的模仿对象。选择的标准，与个人性格也有些关系。有人喜欢绵里藏针的温和，有人喜欢一针见血的直白。读起来特别畅快，如遇知己的文字，也许就是最符合你的，模仿起来也最容易。

散文创作中有时须是感性的，有时须是理性的。如果完成初稿后，发现一些字词有问题，又发现一些标点需要更换，这篇散文也算接近满意了。散文作家，唯一能够体现风格与特色的就是用字与字词的修饰。只有把它们连同标点符号一起，放在了恰当的位置上，才能最好地表达作者想说的东西，作者心里的情感体验。如果字词因为作者自己的情感而变得沉重或灰暗，抑或由于某种原因而不能够精准或独到的表达，读者的美感就不会被精心创作出来的作品所触动，也就无法对它产生兴趣。有感而发的文字在有灵感时写下来，放一放，沉淀几天，等感情平静下来，思维稳定了再进行修改，那时也许会发现有很多地方由于当时感情激荡，字词的遣用是欠妥的。

散文创作一定是练习而后得的，世上没有天才的作家，尤其是需要文字功底极深的散文作家。现代生活中，每个人少不了要写东西，上学期间写作文，大学期间写论文，平时还要刷屏、写博客、写微信。如果没有好的文笔，就写不出漂亮的文字。要有好的文笔，绝对离不开深厚的功底。这个功底如何打？只有通过多读多练多思考，这样在写文章时才会如同行云流水般地顺畅，也才会逐渐形成自己文字把控的风格与特色。

散文的形散神聚

散文的意境深邃

　　散文创作意境一定要高远、深邃。"意"就是文章的主旨、灵魂与统领。主旨在文章中是核心的、本质的东西，是由文章中所有的思想、材料概括集中而形成的产物。清代王夫之说："无论诗歌与长行文字，俱以意为主。意犹帅也，无帅之兵，谓之乌合。"你的散文，如果主旨不明确，那就是给人以散兵、乌合之众的感觉。

　　散文的立意是指一种能令人感受、领悟，意味无穷却又难以用言语阐明的意蕴和境界。它是形神情理的统一、虚实有无的协调，既生于意外，又蕴于象内。意象营造出的环境，简单地说，文章的立意能够给你一种特别的感觉，或者说营造出不一样的氛围，借助特殊的语言表达形式，传达出一种令读者深思的意蕴和境界。

　　古人云："意高则文胜。"散文立意，正确为前提，但要达到成功，则要求"深邃、高远"。

　　深邃就是内涵丰富，你做的事情不能被别人一眼看透，你的思想不能被别人一眼读懂，但不是不能理解或会产生错误的理解。

高远就是高而深远，远方有诗，远道鹏程，远见卓越。

境界是表现作者思想的一种向美向善向上的高度，文章要做到博大精深，就必然做到正确、明确与的确：正确，指能准确全面地揭示客观事物所蕴含的意义，观点符合社会主流观点、价值规律、道德规范，切合题目的要求；明确，指能让读者清晰明白而确定无误地在文中找到作品的主旨；的确，指能揭示生活的本质，揭示问题产生的原因，给人以启迪。

散文的意境深邃

散文的点线面

散文取材广泛，摇曳多姿，语言表现形式丰富多样，如同五彩斑斓的风景画，让人陶醉，令人喜爱。那么，我们怎样才能创作出一篇优美的散文呢？

三月雷认为除了掌握好撰写散文的基本特点外，更要注意散文"点""线""面"的立体构筑。

散文创作的实质是"用我笔，写我经历的事，能够激发你、我、他（她）的情怀"。而所经历的事就是你所接触的人、所看到的景、所感观到的物，所思考的理，这些融入一篇散文，就是散文的着笔之"点"。

要善于从生活中去捕捉散文的"点"。

散文的"点"就是散文的素材。细节决定散文的高远。要善于抓住某一事物的片段，某一情感的纠结，某一分析问题的角度，某一描述事理的着笔处，发现主题并通过记叙、直白，构成散文扣人心弦的落笔"点"。有时，某次闲聊中的尴尬，所犯错误中的羞愧，所获成绩中的骄傲，偶遇中的冲动，触景生情的伤感，都可能成为一篇篇好散文的妙笔之"点"。

散文可依"由小见大""由远及近""由粗见细""由疏见亲""由此及彼""由浅入深""由实而虚"的次序展来，再辅之以"融情于景""寄情于事""寓情于物""托物言志"等的艺术表现手法，如同剥笋，一片片地揭示，片片都能表达作者的真情实感，体现物我的统一，做到"因物而忘我，因我而忘物"，借此流露出更深邃的思想，使人领会更深刻的道理。一个小小的物件、一道迷途的风景、一句微不足道的关爱、一段难以忘怀的时光，或电视媒体中的一段对白与搞笑，都可让你入情、入境、入醉、入痴，自己人生境遇中的状况和点滴感触都可能成为散文的起笔之"点"。

由"点"到"线"。作者情感的发挥，具有点睛之妙，也体现作者情怀、境界之高远。然而，这终究是作者所亲历的情感过程，有一种无形的力量会使你去记载，去将情感发挥到极致。于是，为了更好地发挥，更好地展示，你便又会想方设法地去查阅资料，去扩充知识，去体验生活，去感悟透彻，挖掘出一些自己认为有用的东西，让它来丰富自己的情感，包装自己的喜好，鞭策自己的灵魂，表述自己的思想。这也就是散文创作中从"点"到"线"的一个求真务实的思维过程和艺术表现技法。

好的散文作者往往善于记忆的写生，善于作笔于情感的回味，能如实记录下过去所经历的事，再通过所经历的事，配合环境、心情、逻辑与美学的需要，透过秀美的文字折射出一些浅显的为人之道或处世哲学。文字的秀美目的是吸引人、感染人，让读者不得不停下手中的事，而继续读完它，读完后，又为文中的事、文中的景、文中的人而遐想，而牵挂，陷入莫名的沉思。这种吸引人的魅力就是散文的引接"线"，就是散文所需要装饰的"面"，这也是散文意境深邃的功力所在。

散文的取材，可谓"杂乱"有章。虽散，但思路开阔，包容量大，又紧紧围绕作者的意图而不"越轨"，这无形的轨迹就是散文最不能跨越的"鸿沟"，构成了文章的主线。即用一个醒目深刻的意境，把看似散乱的一大堆材料，贯穿成文。若把这一个个"点"喻作"珍珠"，那意境就是一条串接"珍珠"的无形胜有形的"线"。

散文的总体要求是"形散而神不散"。而真正做到不散，让人感到整篇文章一气呵成，这就要求散文中那条无形的"线"，始终串着散文丰富的内容与作者错综复杂的思绪。这条"线"能够让作者思如泉涌，如流水不间断，不混乱，不偏离主渠道。

散文是有骨架的。散文好似一套装修精美的乡间别墅。在思维的空间内，通过语言的艺术，达到分隔成间，串接成行，错落有致，给人以完善的空间立体感。作为散文，总体应该是闲、散、淡的。用平淡的文字表露真挚的情感，用淡然的笔触精准、独到地抒发出人生的感慨，并从中提炼出一些精辟的观点和独到的见识供人们品味与思考。

散文读起来很完美，能够让人的思想得到升华，能够对人有所教益，能够让人陷入反思和不得不思的纠结之中。这就是散文的"面"。散文的"面"，就是要将那么多十分微小的"点"，甚至微不足道，通过作者的妙笔，给人以整体的直观感，能够让人由小见大，达到深邃意境。犹如拉满的弓弦，具有极强的张力和穿透力。

散文的"面"要求作者注重表现生活中的感受、人生的感叹，忆事与抒情性强，情真意切，体现出作者的阅历、才情。散文的"面"还体现在散文的语言凝练、优美。散文的语言简洁质朴，自然流畅，寥寥数语就可以描绘出生动的形象，勾勒出动人的场景，显示出深远的意境，是散文的凝练。散文力求写景如在眼前，写情沁人心脾。散文的语言清新自然，生动活泼，富于韵感，行文如涓涓流水，叮咚有声，娓娓而谈，情真意切，如河水潺潺，波光粼粼，如杨柳婆娑，倩影斜疏，是散文的优美。散文的意境就是长亭月下的凝思，具有静谧之美；散文是秋实的采摘，具有丰硕之美；散文是往事的惆怅，具有感伤之美。

散文又往往是"水到渠成"，十分合情、合理，没有丁点儿的拐弯抹角，无生硬与裂缝之嫌。也许散文的初创会不够严谨、不够细腻、不够深沉，甚至有些急躁、生硬的现象。那么就需要作者静下心来进行润色。通过润色，使作品具有震撼心灵的冲击力，使丰富的素材、作者阅历与创作之技巧契合。"台上一分钟，台下十年功"，散文的意境折射出作者观察生活、揣摩事物、阅读名著、体验人生、感受世界和思索未来的过程中所付出的艰辛努力。

润色如同养颜，它除了有思想的见解、优美的意境外，还折射出作者清新隽永、质朴无华的文风。一件作品的润色，是给作品增色添辉的过程，包括文字、句式、段落、结构、立意的推敲，甚至是标点、层次与韵感的推敲。杜甫诗讲究练字琢句，他自己曾在《江上值水如海势聊短述》中写道："为人性僻耽佳句，语不惊人死不休。"润色一篇作品，需要作者具有好的文学涵养，有毅力、有耐心，能坚守。

好的散文，作者要善于另辟蹊径，敢于探索前人没有走过的路，给人以不同的视角。即便是前人走过的路也要探究出前人所没有探究过的领域与没有讲述过的事实真相，揭示前人没有触碰的话题与隐含的真理，探索前人成果背后跌宕的故事与曲折心迹，透过表象去揭示更深层次的问题，挖掘更丰富的内涵。这就是所谓的"此人非此景，此景非此情"。

散文作者总是联想丰富，挥洒自如，极有感染力和震撼力。把复杂的人情和事理放在不同的时空里，有的随意点染，有的泼墨描绘，错落有致，色彩斑斓。

优美的散文是"点""线""面"的糅合，如果克服单薄、贫乏、生硬和唐突的短板，就会使文章气势浩大，就会呈现波澜、跌宕的壮观。

优美散文所呈现出的智慧、功底与远见是人生阅历的立体筑构，更是作者心灵的永生。

散文创作的三重境界

经过多年的方格滚爬，说不清的艰难曲折，道不尽的酸甜苦辣，回忆高中语文老师对于三种学习境界的描述，慢慢地体会到了文学青年创作或欲夺高分考生应有的三种境界。

第一种境界是"昨夜西风凋碧树，独上高楼，望尽天涯路"。这是初入文学圣殿的境界，读了几位名家的作品，摘录了不少大师的佳句，或者听过几位文学大师的几堂精彩的有关文学创作技巧的演讲，或者顺利取得了含金量颇高的毕业文凭或硕士证书，能够与一些同行就经典的名著或时尚的文学进行讨论，或者就其中的人物、剧情、背景、立意等谈论一二，就觉得自己具备了较深的鉴赏文学和创作作品的能力，也算具有了一定的文学思维，冷不丁写几段像样的豆腐块，偶发几篇让网友竖起拇指的博客，还会因观点的不同与人争辩得面红耳赤，进而用激烈的言辞指责别人。度过多少日日夜夜，饱含多少艰难困苦，一日修得正果，写作冲动令人激昂。这种激昂将文学青年的满腔热忱挟带着自信或高傲进入读者的视野，似锦的前程似乎就在自己脚下，舍我其谁地相信自己可以"望尽天涯路"。

第二种境界是"衣带渐宽终不悔，为伊消得人憔悴"。这是文学青年最困惑的时期。心高气傲的文学青年很快就会发现创作这行与开始想象的不同，"差距咋这么大呢?"巨大的经济压力，时间不足，环境不静，在"凡心缭绕、红尘涌动"的情形下，要想把一篇文章写好、写精，还真得挤点时间，因为需要学习的东西很多，需要积累的素材也很多，不只是读几本名著佳作那么简单，也不只是熟记、会用大师归纳的创作技巧或名人佳句的问题。要写出令人满意的文章真不容易，要有丰富的阅历、切实的经历、曲折的心路历程，同时还需要丰富的历史、地理、美食、心理等文化底蕴，以及与众不同的充满睿智的感悟。要在"人人都是大作家，满屏都是好文章"的时代脱颖而出，能够与读者产生共鸣，怎么能不"为伊消得人憔悴"呢?

第三种境界是"众里寻他千百度，蓦然回首，那人正在灯火阑珊处"。这是成功者才能体会的境界。苦苦努力寻求，成功终于在你心心念念的等待中或毫无心理准备的某个零点时刻到来了。只有经历了第二种境界的人才能到达第三种境界，这时偶然的一个灵感，都能一气呵成写出如行云流水的几千字来，堪比名家的笔调与意境，而每一篇文章又都由心所生，由情所感，没有丝毫的凑合与做作，虽轮廓还有点粗糙，但却是作者现实人生的真实写照，文中的主人翁或多或少具有作家的影子或心灵的感悟，自然能够打动人心，能够抓揪人心。文学青年的文学素养达到了新的顶峰。对成功的到来不再有"独上高楼，望尽天涯路"的自信了，而在太多艰苦与失败之后，对于读者的认同、满意、赞誉的到来简直是一种喜出望外。

这三重境界也可以用《英雄》中一段充满禅机剑术的三种层次来描述："手中有法，心中无法"；"手中无法，心中有法"；"手中心中皆无法"。

这就是说一位文学青年初出文道，本是受文学的陶冶，纯洁无瑕，初次动笔，一切都是新鲜的，一切都能引起自己的激动，或者思绪万千，又不知从何动笔，读几本名著，认为名家说的就是经典，名家告诉他这是技巧，他就把它归入技巧，告诉他这是功底就是功底，说善于联想，他也跟着名家的思维一起舞动，而自己没有丁点儿的越位和怀疑的异想，更没有越雷池半步的反对。

随着创作经验的增加，经历的事多了，阅历丰富了，学习模仿的能力也增加了，信心也就十足了。懂得了文学最根本的技巧在于去多读、多写、多思、多品味，知道了创作一篇好文章的方方面面，也懂得了创作并非只有常识和技巧，这常识和技巧之外还有很多看不见的东西在起作用，而这些东西又是文学青年必须所了解、掌握或亲身经历的。当发现想成为名家还需要具有一定的文化内涵或思想底蕴，而这个内涵或底蕴随着创作激情的增加或创作实践的增加而越来越丰富、越来越复杂，自己所学的东西远不能适应文学创作的宏大无边时，就要学习、学习、再学习，采风、采风、再采风，反思、反思、再反思。这件事上真有辛苦、勤奋、熟能生巧，有人因一点小灵感而废寝忘食，也不再轻易地相信什么技巧、妙招与捷径，要尽力来证明自己的智慧与学识。这个时候看别人的文章也感慨，看别人的经验之谈也叹息，对别人的文章也沉不下心来仔细阅读。稍用点功，就发现诸多分歧，感觉不那么合口味了，技巧自然不再是单纯的技巧，文学常识自然不再是单纯的常识，说名家的意境也自然不再是单纯的意境了。原来一切的一切都是作者主观意识的载体，都是经历、阅历与心路历程，"不临其境，何发其感"呢？

许多创作之人到了创作的第二重境界就自我满足了，整天忙于追求数量、人气与现实的效益，自己都感到很难有所突破。但是有一些人通过自己的觉醒与修炼，坚持不畏痛苦、义无反顾、不断追求、超越自我的执着精神，经历烈火的煎熬和痛苦的考验，凤凰涅槃获得重生，并在重生中达到升华。创作之人茅塞顿开，回归自然，会把自己暂时与热闹非凡的外界隔离起来，专心致志地做自己应该做的事情。任他红尘滚滚，我自清风朗月。面对芜杂世俗，一笑了之。这个时候的文学青年看文字不是文字，看技巧不是技巧，看文章也不是文章。开始用社会责任的态度来审视作品，用学者的眼光来分析作品，也就是说他的思想不再只是受个人情感的左右，不再只是陶醉于个人的恩恩怨怨，将自己的博大胸怀与个人喜爱自觉不自觉地与社会、民族、国家的命运，乃至世界范围的博爱之心与人权正义相联系，相牵挂。这便是真正的创作与对社会深度的洞察。又如何不是"众里寻他千百度，蓦然回首，那人正在灯火阑珊处"。

当散文创作的路走得多了，创作的乐趣也多了，自然接触的读者也多了，接触的社会也复杂得多了，也就慢慢悟出了点"道"。三月雷认为搞散文创作的过程大概也可以分为三种层次。

第一层次，"纸上葫芦摹出瓢"。其主旨可以说是以练笔为主要目的，只要有灵感，就会注意收集材料，翻遍案头所有相关的名家类似表述、技巧和相关的读后感、散文创作心得，写出洋洋几千字的自认满意的文章。这不仅仅是创作，更多的是表述自己的心迹，好似流水账，情感也多较直白，缺少节奏或抓人心境的"文眼"，而只是对名家的一味模仿。

对于一般的文学青年来说要求做到的是第二个层次："葫芦架上画出瓢"。用心写作，让作者的成功之道或树立理想人生观的至简大道深深烙在读者的心中。所谓用心，就是意识到自己是文化人，应该为读者树立好的形象。教人做人，教人做不平凡的人，甚至通过读你的作品萌发做不平凡的人的星星之火，不迎合读者，拒绝低级、庸俗的品位；去学习新的专业知识或相关知识，对于专业性很强的专业一定要多看相关专业的书籍，与相关专业的专家交朋友，多交流、请教，否则你的文章会因为你知识的贫乏、干涩而空洞。选准创作的一般思维线索或节点路径或"文眼"，全面审视读者提供的时尚价值观，找到最佳的与读者合拍的语言表达方式，倾听读者的意见，并做出相应调整，尽情地发挥笔锋的圆润能力。踏准时代的节奏很重要，保持与读者的沟通也很重要，何多何少还需要花时间了解。要激发趋善、向美、求真的一面，尽量不要伤害读者的感情，更不要为了迎合读者而献媚去用华丽的包装毒害读者。做一个有良知的文学青年。

第三种层次是文学青年的最高境界："心中葫芦绘出瓢"。一个灵感就闪烁出一个满意的标题，又迅速汇集无数的素材，明知有人就相关主题写出了佳作，但自己还是充满了信心，不写出好作品不罢休。好的作品不仅仅是一个人的感悟，也不仅仅是一个时代的感悟，需要艺术性，需要给人以创作风格上的享受。文学青年要做很多准备，他要研究别人的创作心迹；他要考证历史，懂得时尚，要用自己的思想去看待过去的事、过去的理，使其焕发新的时尚。单纯的文学创作已不是他的主要目的，努力做到字字句句严谨引人，条条理理清晰动人。

后来知道这三种境界是王静安在《人间词话》中对古今之成大事业、大学问者所言的。确实，求学如此，做人如此，成就文学青年事业或作文夺高分莫不如此。

作文的"盗亦有道"

"强盗问他的头目，当强盗也有道吗？强盗头目说，当强盗当然有道。天下事情，哪会没有道的道理？当强盗自有当强盗的学问，而且学问也很大。首先，在'妄意'——估计某一处有多少财产，要评估得很正确，这就是最高明——圣也。抢劫、偷窃的时候，别人在后面，自己先进去，这是大有勇气——勇也。等到抢劫偷盗成功以后，别人先撤退，而自己最后走，有危险自己担当，这是做强盗头子要具备的本事——义也。判断某处可不可以去抢，什么时候去抢比较有把握，这是大智慧——智也。抢得以后，大块分金，大块吃肉，平均分配——仁也。所以做强盗，也要具备仁义礼智信，哪有那么简单的！"这段并不绕口的短文，算得上是对《庄子》"盗亦有道"明明白白的翻译。而对于文学创作或作文的初入门者来讲，要想取得长足的进步，在学习创作的艰辛过程中要懂得"仁义礼智信"的大道理。

圣也，就是要多读名著，多拜名家，多游览名网。在读与学的过程中，还要有选择性地学。因为每个人的时间是有限的，而名家名著大作多如牛毛，没有选择性地拿来就学，那你永远也不可能学而入道。在学习名家名著中要根据自己的特点、兴趣或专攻，有选择性地注意摘录名人之作的优秀之语句，并弄懂其中的精要与境界。要怀崇敬之心、敬仰之心去研习。着重领会他们的思维方式，学习他们组织语言的技巧，摸透他们严谨的文风，总结他们文字表达的风格，也不能不加区别地奉行拿来主义。

勇也，就是要有吸收别人精华的勇气。学习、模仿并不丢人，学习别人的语言技巧更不丢人。模仿是最好的学习方式，也是短期能够见到成效的捷径。勇也，还要对自己的学习、创作充满信心。破万卷书，行万里路，经历得多，阅历得深，经验得丰，加之善于学习，勤于学习，自会下笔有神。勇也，还体现在勇于面对读者，面对社会，勇于拿出来向大众展示，具有"丑媳妇敢见公婆"的良好心态。如果发第一篇文章时，觉得有点唐突，第二、第三篇时有点纠结，以后再发稿就淡定自如了。

义也，就是要勇于担当。对于担当，当然是要刻苦、勤奋。创作是件十分考验耐力的事，劳心、劳力，但你也得努力通过付梓，达到测试人气的目的，实现其应有的社会价值。只有"愿意与人分享，愿意公开自己的心迹"，这才是不可多得的大义。

智也，就是要有智慧。"盗"不是将别人的文章拿来就署自己的名，或只改头换面，换瓶不换油，更不能在自己的文章中不加掩饰地将别人的文章整段整段复制粘贴。拿来的东西，即使再精美，也只能算作文章的调料，不能当作主料，而主料只能是你的切身体验或所亲身经历的事，但你可选择类似的题材，多摘录几位名家或网友的名作佳句或警言来烘托你的感悟，是调料，你就要学会搅拌。对于拿来的东西，你要会用，体现掌勺大师的智慧。你还可以将名人的诗歌改写成散文，将散文写成散文诗的形式，或者套用名家的文体形式，添加进你的经历、你的感受，让读者在熟悉的形式里体会你的心迹。当然最好的方法是学习名家的文字应用的技巧和语言表达的技术，而不是照搬乱抄一通。

仁也，就是要尊重别人的劳动成果。"作案"后，你一定要注意洗清你"盗"文中的印泥或留下的现场痕迹。感觉确实优美，又能与你的主题相扣，不整段引用，不足以表达你激荡的情感，则可以通过摘录的引用或用脚注说明摘录之出处或直接在文中指明"某某说道……"，以示对原著作家的尊重。或者用双引号标识，或者用异体字加以凸显，给人以摘录别人名言的显著提示。如果你完全消化了名家的精华，你的整篇文章没有了"盗"的痕迹，完全是由你心所生，由你情所发，由你智所成，你也要在心中给曾经给予启迪、教诲的名家以祝福，或者以适当的方式致以鸣谢。

"仁义礼智信都具备了，才能做强盗头子，但是不具备这五个条件而做强盗头子，那是不可能的奇迹。"说的就是这个道理。你想成为文学大家，想成就你的美文，你就得偷学几招，真正懂得"盗"亦有道的行道。

从另一个侧面来分析，即使做一个强盗头子，都要有仁义礼智信的修养，那么想要创一番事业，做一个有成就的人，乃至一个社会团体的领军人物，或文学大师或作文高手，想来也应如此。倘若一个人非常自私，"盗"得的利益都想归自己，或者总收藏在自家的橱柜，生怕见到阳光，生怕晒出来被"贼"惦记，那永远不会得到成功。

这"盗"不仅有道，还有其应有的格调与境界。当然，三月雷感悟这"盗"亦有道的三种境界是从吃煎烤的淡水鱼而偶得的。第一种境界是既不会用牙，也不会用筷。这属于夹起鱼来就咬的初吃鱼者，吃鱼如同吃肉一般，大块大块地夹，大块大块地咬，弄不好就被鱼刺卡住了喉咙，没有了吃鱼的心情，搞不好还要匆忙地去看医生，吃药、休假、费钱、费时。第二种境界是只会用牙，不会用筷之人。属于将鱼肉连带鱼刺夹来之后，慢慢用牙将肉刺分离，并学会品味的爱吃鱼之人，这种人不是没有看医生的风险，只因骨子就具有的丁点儿的自

散文的意境深邃

以为是，或因后天传承的丁点儿的所谓小经验、小绝招，但其吃相自不文雅，弄不好还使得到嘴的鱼肉全都吐了出来，搞得没有了吃鱼的心情。而第三种境界之人是既会用筷，又会用牙的吃鱼高手。首先在盘中仔细地用筷子将鱼肉与鱼刺分离，慢条斯理地将鱼肉送进嘴后，还用牙、舌仔细地感觉、咀嚼、品味，吃起来是津津有味，会心遏意而不露齿，别有情趣。一条鱼吃完了，那整副的鱼骨架犹如一件精美的工艺品呈现在眼前，完好无损，赏心悦目。与其说是吃鱼高手，不如授予其鱼艺术的精雕大师！此种境界，那也就成就了文学高手或作文的大师。

格调：现代散文的境界所致

文章的好坏，似乎很难以什么标准界定，不同的作者有不同的格调，其对于文章的理解当然会有些差别。经过多年的创作，会追求培养出一种自我感觉良好的风格，无论多久，一读到自己的作品就会有种久违的感觉，如同见到自己失散多年的亲人一般激动不已，究其根本，或许就是自己养成的一种内在的有别于他人的格调。

写的文章多了，每次遇见自己的作品，总有读下去的耐心。能够感觉到与文字的共鸣，为自己感到惊讶与感叹。文章读起来充满乐趣与哲理，如同打开了一瓶陈年的老酒，满屋子都是醇香。它的醇香包裹在趣味之中，令人有种自豪和愿意与人分享的喜悦。

在散文的世界，要求作者有一颗淡泊超然的心，这样才能展示那种超越功名利禄的境界，才能体现一种令人振奋的力量，也才能让你真正走进澄明的格调所凸现的高雅之境。

格调从字面上来讲就是高雅的情调与品位。说某一个人很有格调，那绝对是一种褒奖，是称赞这个人的修养非同一般。散文的格调也一样。

现代社会，快节奏的生活让人没有闲心静下来细细地品味生活，也没有心思去感觉生活，确实是一种遗憾。好的散文是生活的体现，需要仔细观察生活，需要有生活的细节让作者纠结于心，而人们来去匆匆，又有何心思静下来去观察、去思考，三月雷虽也写过几篇，但总是有种浮于表面，未能深入挖掘的遗憾，于是下定决心安静下来，提高自己的品位，提升自己散文的格调。

散文最重要、最恒久的，最能够体现作者气质的就是格调。每天读着最优秀的书籍，与一些出色的朋友交游，将自己变成谈吐优雅、情操高尚、品行高洁、胸襟开阔的人，而这些会或多或少地反映在散文的字里行间，形成散文的格调。这种格调一旦养成，就会融入散文的风格之中，折射出作者的某一特质，或是一种秉性，或是一种韵味，或是一种内涵，或是一种气质，或是一种爱恨交织的情感。即使作家与我们相隔遥远，甚至离我们而去，散文中所体现的格调，依然会对读者产生深远的影响，影响一个时代的人，甚至无数代人。这也是散文成为一种真正能够让读者"读其文而想见其为人"的美文的原因所在。

常常想起《史记·陈涉世家》中"王侯将相，宁有种乎"这句话。这句话意味着权势并非天生，更不是贵族的专利，普通人同样可以通过打拼争取天下，这是一种极具感召力的格调，体现的是一个人的英雄气概，是大丈夫于天地之间成就伟业的豪气！一个人，内心里具有了这种豪气，其语气里流露的自然是什么都难以阻挡前行脚步的格调。

一个人散文的格调，更能体现出一个人的雄略大志。

贝多芬说："我要扼住命运的咽喉！"他真的履行了自己的诺言，在失聪之后，在寂静的世界里，创作出了世界上最伟大的乐章。命运就是这样，在不屈不挠的强者面前，总会俯首称臣，而在自弃自馁的弱者面前，却总是趾高气扬。美的散文，也是人生中难得的乐章。

常有人写文章，叨唠不休地讲述自己经历了难以承受的磨难，渲染令心情抑郁到不可自拔的黑暗。三月雷觉得没有什么比磨难更能淬炼一个人的意志与格调。如果笔端流露出的是你时刻把自己塑造成一个强者，那你自己就是铁骨铮铮的汉子，就是无惧风雨的铿锵玫瑰。要学会把磨难当作成就事业的台阶，而不是深藏在心灵深处燃烧自我精神的怨火。昂起头颅，微笑着面对世界，用宽阔的胸膛拥抱生活，用爽朗的笑声感染所有的人，这才是散文所需要流露出的格调，就像向困难挑战的冲锋号角。

创作散文，有时无形中会把自己代入一种与世无争的清高，但绝不能把清高作为自己奋斗的标签。因为清高是一种骨子里的优雅，是自己心灵洁净的沉淀，更是一种生命深处的雍容。不能把那些没有什么学问与建树的人，视为低级趣味的人，更不能将那些自我标榜不可一世的人，视为人生中的榜样，因为当你瞧不起别人，或过重思考权势的那一刻起，你也就远离了修养和优雅，也就否认了这个世界所提炼、所纯化的清高，更否认了这种清高是一种激励人前行的正能量。

散文的格调所体现的一定是种心灵的纯净。无论你身处顺境还是逆境，无论你腰缠万贯还是一无所有，依然有自己心灵的坚守，依然气若幽兰，依然心静如水，依然有颗初来人世的纯净之心，这才是真正的格调，是纯净的心灵自然散发的格调。

散文重视格调美，散文本来就要具有一种"妙发性灵，独拔怀抱"

的文采。优秀的散文都是作家的性格、修养、才情的自然流露。现代作家郁达夫就认为，散文具有强烈的自传色彩，他认为我们只要翻翻现代作家的散文集，这个作家的世系、性格、嗜好、思想、信仰，以及生活习惯等，都会很真切地展现在我们的面前。事实上，作家人格之高下、趣味之雅俗、才情之强弱等都是熔铸散文格调美的重要因素。

通过那些充分显示散文独特性的因素——如文章独特的选材和叙写角度、作家独特的人生经验和见解、作品的感情基调和思想内涵等，领略文章的艺术趣味和风韵，可以透视作家的人格和精神境界。

散文作者要想拥有格调，一定要避免浮躁、骄傲。好的散文需要的是扎扎实实的苦功夫，一字一句都是对生活的切身体验。好的散文流露的是对生活的乐观，引导读者积极向上的心态，因为无论处在什么起点上，一切都只是新的开始。好的散文是困境中的助力，是深夜里的火把，是寒冷中的炭火，是孤寂时的相伴。每一篇优秀的散文，都会为作者、为读者打开世界阳光明媚的一扇窗，为迷茫里不知所措的人点燃一炷清新沁肺的熏香。有格调的散文，才会使读者感觉到生活的婀娜多姿与幸福永驻。没有格调的文章，是这个世界上孤独寂寞而且骨瘦如柴的野马，绝不会给人以昂首奋蹄的激扬。

好的散文表现出独特的气势。或如同黄河之水天上来的宏伟，不可拒绝；或如林中的溪水，淙淙而过。这种气势，是作家的精神风貌的展现。作家的精神状态必然影响到散文的气势，即语言表现上的格律、声调、抑扬、节奏、语言特色等，形成一种独特的风格。散文的气势在散文的一字一句中体现，体现在句法结构、词汇选择和搭配、语句，甚至语音组合的层面。优秀的作者在语言运用上具有独到之处，敏感的读者自然也能从文中语言、生活细节、描写自然的风貌，品味出作者的趣味和风格。如搏击长空、志在远方的雄鹰，必怀有向命运拼搏的豪情，怀有一颗不可一世的超然之心，具有承担痛苦的意志，带有一分与生俱来的骄傲。

读者能否真正在对作者创作所体现的独特风格和韵致的体味中获得高层次的鉴赏的愉悦，也与作者对散文格调美的把握和鉴识密切相关。

散文的风骨

在散文网上"安个窝"，就有机会读读网友的作品，既能评价别人，也能审视自己，还能广交朋友。偶遇佳作，赏心悦目，甚感欣慰。大千散文，各有风骨。但散文网里的作品也是良莠不齐，读得多了将网友的作品胡乱列为八派：直派、静派、甜派、萌派、秀派、忧派、乐派与神派。他们的风格各异，且听三月雷慢慢品味。

直派。初看如同喝杯白开水，过于直白，但静下心来，也能弄清不少事理，读懂作者不少心迹。这样的文章读来可以感觉到作者的"心直口快"，用心认真，用词忖度，毫无转弯抹角之嫌。虽然情感过于平淡，但亦能让人受益匪浅，悟出不少道理。作品多属叙事、日志、偶感之类。意外收获是令人"返老还童"，偶尔陷入如少时的鲁莽中。总的讲来，笔调苍白、青涩，如同咀嚼一枚还没成熟的青杏。

静派。读后令人归于恬静，让人陷入深思。这样的文章读来可以感觉到作者的"心计"。作品语调平和，描述如萤火飞扬、秋叶摇曳、细浪烁沙，给人以静谧之感。文章情感丰富，讲述中的为人处世相对冷静，对事对理皆能中肯描述，少有狂言。作品多属写生，说理或借景抒情，而少有悲愤感叹、怨天尤人之妄言。总的讲来，笔调深蓝，不乏趋于粉紫。

甜派。富有青春的活力，激扬向上。文章字里行间充满欢声笑语，常有亲、甜、笑的美词充斥其间。读来可以感觉到作者对生活充满阳光，富有爱心，热爱生活，常陶醉于甜蜜的爱情、温馨的家庭、青春的校园。作品多属抒情、赞美、弘扬之类，犹如少女青春的舞动，甚是优美，又如午后的甜点、久渴之后望到的绿洲。读后，让人向善、向美，亦有回报社会、回报父母、回报师长的感叹。总的讲来，笔调粉紫，不乏大红。

萌派。多给人以弄巧成拙之笨拙感。常闻嗲声嗲气之感叹，但也不乏青春激扬、主张社会正义，发出公平的呐喊，又偶发指点江山的豪情。叙事之中夹杂抒情，抒情之中多为直抒胸臆。多浮藻之词给人以堆砌之憾，过于修饰给人以粉饰之感。读来多有可爱之处，三言两语，或令人深思，或令人捧腹。可以感觉到作者有一定的生活阅历，但觉得自己有青春的尾巴可追，所以会写出与实际年纪不相仿的妙作，是青春的再现，也是"老来"的拾遗。总的讲来，笔调粉红，不乏金黄。

秀派。过于表现自己，文章中修辞过多，对偶联翩，韵味十足。常陶情于景，长叹于生不逢时。读来多有三心二意、路径不鲜明之感，让人思维、情感难以集中于一点。文章中多对名家的模仿之句，或采摘名篇的警句。作者极力展示自己的实力、阅历与经历。秀派的作品开始读起来十分爽心，但随后感觉有点累，眼累、心累，令人烦躁不安。总的讲来，笔调绿色，不乏灰青。

忧派。文章多表现在一个"愁"字上，春有春怨，秋有秋愁。忧派作品多是对过去的回忆，对古人的感叹，借事抒情，借景抒情，借史抒情，借景移情，忧国忧民，令人牵肠挂肚。忧派文章情感十分细腻。整篇文章的线索十分鲜明，只是笔调过于灰暗。

乐派。文章内容健康向上、秀隽有力，充满青春的躁动。乐派给人以阳光、海岛、沙滩的美感，读之心绪豁然开朗，多表现向善、向美、向真的正能量。乐派文章注重用词、用景、用心，到达了一定的文字掌控与生活调节的境界和层次。总的来讲，笔调圆滑，过于蔚蓝，有时蓝得令人难以置信。

神派。文章富于想象与联想，意境深远，笔调老道、整篇文章说理论事思维清晰，逻辑严谨，行云流水，一气呵成，多是佳作，妙作，给人以诙谐幽默的清新、成熟之美。读后会令人思想得到净化，情感得到洗礼，意境得到升华。总的讲来，笔调清新，不乏蓝天白云。

当然，上述八派并无高低雅俗之分，也无文笔成败之决，各有千秋，皆为作者内心之感悟，阅历之情溢。

散文的文情并茂、文思隽永

散文属于美文，好的散文一定是文情并茂、文情隽永的。

文情就是文章所透露出的情感与才智，其中的用字用句所折射出的智慧蕴意隽永，有助于启发读者思维，如同幽默故事能培养读者的幽默感，帮助他们形成乐观豁达的人生态度一般。

文思隽永的文章能够培养读者智慧火花的闪烁，能够形象艺术地体现作者思想感情的深沉幽远、意味深长，犹如余音绕梁，不绝于耳，讲究言有尽而意无穷。

隽永，指意味深长，意义深远，读起来耐人寻味的好文句。唐代白居易《与刘苏州书》有"得隽之句，警策之篇，多因彼此唱和中得之"。一行凝练隽永的短句，胜过一千行陈词滥调的堆砌。

文情，更多的是指所表达的思想感情深沉悠远，意味深长。历史总是在不断地向前延伸，青春总是在不断地往后退却；生命里的种种无奈、种种错过就像步行在海滩的潮涌潮落一样，退却得令我们感情的突然失落与茫然，爱在天空，梦在海洋。岁月的苍老，人情的薄凉，采撷片刻，揉进时光的隧道里，制作成一份记忆的标本，带着枫叶般斑斓的标本，或许，这才是隽永。

如何形成文章的主线

每一篇文章，无论是抒写闲情逸致，还是描写奇幻诡谲，那一定有作者表达自己心中意境或阐明心中所蕴含的一个道理的目的。要实现这个目的，就要用一个个例子，或一段段感情，或一个个道理，来讲述、来渲染。思维里的"资源"众多，仅简单罗列就可以吗？当然不是，这就需要一个贯穿全文的线索来串接。

构思一篇文章的时候，脑海里众多的"资源"或来自生活的所见所闻，或是学习收藏别人的范本，或是一时冲动的灵感，他们都如同珍珠般在脑海里闪闪发光，希望从作者的口中或笔尖放闸而出。作者就是要将这些珍珠，按照自己心中的意境，用一根无形的线将他们串接起来，使之成为一条精美的项链，而那条无形的线就是文章的主线。

作者在动笔前，一定要在脑海浮现出一条清晰的主线。

对于主线，三月雷认为应该是作者在审题、切题与合题的基础上，结合自己的人生经历与学识，形成的比较突出的而又有利于达到良好的可读效果的写作思路。这条主线，应该成为一篇文章向下延展的脉络，它能贯穿整篇文章，并带动作者的思维对意境的强化和表达，形成一条有内涵的创作升华轨迹，能在创作中起到牵一发而动全篇的作用。

可以说，没有清晰明朗的主线的创作肯定是不成功的。

下面三月雷就以创作的《赏月花》为例，就其中的重要思路谈谈自己的创作思路。

《赏月花》是三月雷在母亲去世后写的一篇怀念母亲的文章，属于三月雷自己写的较为精美隽永的一篇抒情散文。文章想抒发对母亲的怀念，展示自己不是沉寂于思母的悲伤之中，而是不断努力，不辜负母亲对自己的期望。这是具有正能量的最好创作意境。

着手写这篇文章之初，很多生活的点滴一闪而过，千头万绪，无从着手。这就如同一盘散落的珍珠，需要找到一根线，将它们一一串接起来。有这么"一根线"将要表达的情感通过具体的事件或思维节点逐个连接起来，就能有条不紊地表达自己心中所期望的意境，所创作的文章也能呈现出一种简约而清晰之美。"金色"这根至关重要的"线"在《赏月花》中就起到了至关重要的作用。

文章总要明确抓住文中要写谁，做了什么事，然后结合生活细节与情感概括主要内容，最终达到围绕要表达的意境让情感升华为一种激励人向上的正能量。《赏月花》是一篇写人的文章，表达三月雷对母亲的思念之情，想到母亲对自己的影响、教育与期望，再反思"我"是否辜负了母亲的期望，通过"心里流溢着金色"这一句子巧妙作答，含而不露。纵观全文，"我""心里流溢着金色"是受到了"金色阳光"的沐浴，受到了母亲熬制"金色艾叶"的护理，是享受到了母亲所做的"金色年糕"的滋养所形成。"金色"这一主线使文章的意境跃然在目，余味无穷。

三月雷在创作中回想到一个细节，那就是农村赏月的传统。而农村人赏月与城市人的赏月是不同的，环境不同，心境也不同。"禾场的金色"便成为《赏月花》的背景，以此作为表达意境的切入点，而被切入到主线。

全文以"秋天是金色"的开头，自然给人以秋天是丰收的季节，秋天的阳光带有金色等诸多的遐想。"禾场是金色的""眼里看到的是金色的"关键是"心里也流淌着金色",让"金色"得以像珍珠一样闪闪发光。随后又用"金色的艾水"来表达母爱的意境,用"一些裸着金色的智慧"来表现受母亲教育的记忆,"房前水塘的清波与树影时常在梦中的微风与金色的碰撞中摇曳"而这儿的"金色"既表达了对故乡的思念,也表达了作者立志成为可用之才的梦想。最后以"今夜心里流淌着金色的思念"落笔,将文章的意境提升到更高的境界,其中的"金色"既有作者所表达的自豪,也有内心深处的感恩之情,还与文章中对月花所理解的意境相呼应。

文章是由字、词、句构成段,由段成文的,就如丝丝细流汇成江河湖海,在这"细流"的汇聚中就牵出了作品的主线。《赏月花》中"金色"这一视角的体现,这也是文章起笔的重点。如何展开文章?自然要回忆与母亲相处时的生活点滴:"被丰收所挤占的禾场""一家老少围坐在月光下""打糍粑发出木棒戳打石臼的声响""将一个个小孩拉到身边用发着浅金色的艾水帮助孩子们搽洗周身""专注地听着母亲讲故事""她讲的故事也有无数箩筐,而我记忆最深的莫属《守月花》了""一个人茫然走在高楼林立的街道尽头"……全文通过生活点滴,抓住文中的"金色"一词展开思维的翅膀。在这个紧紧围绕"金色"展开的话题中,让人读到"金色",深深感受"金色"的源头是对母亲的思念。在"金色"的意境中,文章自然涌动着"生命的金色"。金色体现了对母亲的热爱,对自然的热爱,对家乡的热爱,也包括对自我成长的肯定。金色不仅是视角,它成了活动的情感,激发向上的正能量。

文章的联想

一个人文笔的顺畅，在很大程度上取决于其联想思维的应用。联想是人脑有意识的思维活动。联想的展开首先要有一个引起联想展开的依据，这个依据可以是具体的事物，也可以是某段文字、某段音乐，或是某一偶然的场景，它是人们可感观、能体会的事物，一般称它为联想思维活动的"起点"。由此而想到的相关事物，或与之有联系性的其他的东西，就是思维活动的"终点"或"结果"，在起点与终点之间，还有一个思维运动的"轨迹"或是思维活动的空间，或是两点之间联络的纽带。

运用联想要围绕主题、主线与主旨展开。动笔前要弄明白文章的主题、主线与主旨是什么，准确而巧妙地捕捉主线上的各节点，并确定好各节点间轨迹的思维运动方向。找到了思维运动中合适、恰当的节点，也就有了文章主线的发展方向，联想的依据和联想的事物才能被协调地沟通起来，轨迹才不会是杂乱无章，整个运动的轨迹集合起来就会融为一体，文章读起来，才能自然、顺畅与生动。反之则会勉强地凑合，给人以拼凑感，或逻辑思维混乱感，损害文章的主题，偏离主线，违背主旨。

从思维方法的分类来讲，有横向与纵向思维联想，就是依据某一事物或材料，通过横向思维或纵向思维联结到相关或相近、相似事物的心理活动；逆向思维联想，是根据某一问题或材料的一个方面，联想到它的相反面的心理过程；发散或收敛思维联想，就是运用发散思维或收敛思维的方式，根据依据的事物或材料，从多个角度或多个侧面去思考，或让思维慢慢紧缩最终集中到一点，或一事，或一物，或一景，或一情，思维联想会有精彩呈现。

三月雷曾写过一篇《洞》。开宗明义点明洞是深穴，从字面上也可作"透彻地，清楚地讲"笔锋一转，从所见的十九洞的金色招牌作为思维的起点，开始了发散性思维的联想，对洞有了更深层次的理解。

从十九洞宾馆关联联想到高尔夫球场的十八洞；通过追源联想到十八洞的起源，再通过发散性思维联想到对十九洞的理解，进一步通过相近联想想到泥洞和它在儿童眼中的趣味，使文章顿生轻松诙谐感。

十九洞、十八洞、泥洞都是具象的，由此再联想到抽象的洞，如现代工厂的漏洞，再通过极端联想到具象的最大天体黑洞、最小的蝼蚁穴洞，从而使文章渐近主题，归结于腐败对社会机体的危害，再联想到如何堵塞漏洞。

该文章的素材虽庞杂，但通过"洞"这一主线的串接，使得文章的主题明确，通篇文章一气呵成。

写文章除了通过节点向节点的联想，还可以借助对节点事物的直接观察，有时也依靠判断、推理，甚至借助想象去开拓思路，利用脑海中留存的表象去构成新的形象，去深化、提升。让想象为灵感铺路，让想象展开思维的翅膀。伏尔泰说："想象是每个有感觉的人都能切身体会到的一种能力，是在脑子里拟想出可以感觉到的事物的能力。"

联想离不开想象，想象也要借助于联想。想象可以咏物抒情、托物言志、寓理于事，让文章更有张力与可读性。

联想的范例

假设我们想写一篇题目为《墙》的文章，那么，我们自然就会由墙联想到——墙的材质、墙的用途、墙的色泽、墙的形状、砌墙的艺术，等等。

联想，体现了一个人的文化修养与底蕴。如果是对文字有研究，就会从字的构成上去联想，当然就会联想到墙的材质，如果是有美术功底，就会从墙的色泽、墙的形状、砌墙的艺术去联想。

对于实用者来讲，会想到物件的用途。自然，墙的用途，可能会想到城墙、宫墙、长城。在无数的墙中，最著名、最受欢迎，凝聚了最多中国人民智慧和汗水的要数长城了。由长城联想到智慧、聪明，由工程的宏大联想到老百姓的疾苦，由疾苦联想到中国的历史，朝廷的腐败，长城并没有起到应有的作用联想到统治之术、权术。

由墙皮的剥落，想到萧条、干旱，想到沙漠的楼兰，想到水的重要。至于那参天的大树和柔嫩的绿草，大概早已被千年的沙尘埋葬了吧。楼兰古城曾经是人们生息繁衍的乐园。她身边有烟波浩渺的罗布泊，她门前环绕着清澈的河流，人们在碧波上泛舟捕鱼，在茂密的胡杨林里狩猎，人们在沐浴着大自然的恩赐。

由楼兰想到历史的变迁。想到城内的往事与辛酸，演绎出很多悲壮的故事。随着考古的发现的深入，又想到中国古代劳动人民的智慧，多民族的融合，商贸的往来等。

由有形的墙想到无形的墙。有人用砖砌成了墙，用墙隔绝了外面的世界；有人却用冰冷筑起了无形的墙，用无形的墙挡住了友谊的阳光。拆除用砖砌的墙是容易的，拆除阻挡友谊的无形墙却是艰难的，因为融化它需要大量的热情与沟通。

由无形的墙想到对立、隔阂、误解及文化、经验、学识的差异。

由墙想到门、树、窗等的作用与差异。想到分工与协作、配合。

由墙的攻破，想到统治与城防，建城容易守城难的感叹。

由墙想到文化，文化墙中的历史，不同时期墙报的特点。

由墙想到墙上的草、墙上的花。

由墙想到梯子，想到人才，想到历史。

由墙想到砖，想到默默无闻的精神。

由墙想到婚姻，墙里的人想出去，墙外的人想进来。婚姻的牢固要靠用心，而非使用暴力，想到弱者的权利保护。

由墙想到与墙有关的成语故事、人文典故。

对墙拆与建的认识，分为悲观主义与乐观主义，对别人的理解分为性本善与性本恶。

建筑的虚墙……

网络的违规爬墙……

墙倒众人推……

联想，就是让思维长出翅膀，让它飞翔……

还有很多可以联想的东西，因此需要根据你的主题具有选择地展开。

下编

文笔提升范例

本编精选作者多篇文章，分为思亲、怀乡、励志、弘扬正气、鞭策成长、随笔、格调提升七个主题，是对上编理论部分很好的实践，对散文写作具有一定的借鉴意义。

思　亲

"每逢佳节倍思亲"，远离亲人的游子，常常会因思亲而感，提起笔来抒发自己对亲人的思念，对逝去亲人的怀念。特别是夜深人静时，或透过窗纱，或透过薄薄的云层，仰望星空，满天的星斗一闪一闪的，遥对着一颗孤寂、漂泊的心。

用散文表达思亲之苦是三月雷表达感情常用的一种方法。从表达方式上来讲大致有：描写、议论、抒情。从表现手法上来讲包括烘托、用典、虚实相生、动静结合、对比、修辞等手法。在散文里引用一些名人的诗句，更能达到意想不到的效果。

三月雷的很多散文都流露出了对亲人的思念。如《守月花》《江水无情堤有情》《心中的兰花坛》《谁人知晓忆忘忧》《光秃秃的那个喜鹊巢》充满了对母亲的思念与感恩。如果说：母爱是涓涓小溪，那么父爱就是滚滚流云。如果说母爱如水般地温情，那么，父爱就如山般地坚实。父亲的爱，就像大山一样，高大而坚定。父亲的爱，每一点、每一滴，每个生活的细节都值得我们细细品味。三月雷也常常体会如山一般的父爱：

涉及对儿子的教育，严厉无比；涉及对儿子的关爱，无微不至。这样的亲情，这样的关爱与教育，无不影响三月雷健康向上的奋发精神。《父爱——一个烧饼，无可回馈》从一个小小烧饼，折射出了父爱如山般的伟大。

我的创作灵感源于思乡情

一纸大学录取通知书，在我的脑际里逐渐形成、牢固了故乡的概念，就有了对那个不起眼、名不见经传的小旮旯魂牵梦萦的思念。那方水土，那方人情，那一景一物，一江一堤，一草一木都入到我笔下。

浩浩的江水载着扬帆的船儿远征，然而船儿明白走时码头的完美是心底最依恋的港湾；暴风雨来临的天空，飞蛾低飞，承载着雨燕盘旋的双翅，然而家的方向是如此清晰。汉江、襄河、汉水听起来是那样的熟悉，正如那江水中流淌着的依恋，天空中掠过的思念，当一个熟悉的名词在脑际浮现，心中无时不会有些悸动。但我无论用何笔，也赞美不了那蜿蜒向两方飞去的大堤的青翠。

曾经是如此惊诧于防洪堤边的杨柳依依。春有嫩芽鹅黄，夏有蝉音幽鸣，秋有绿叶婀娜，冬有飞雪飘然。在这美丽之间总能见到叶落的凄美，感怀于那归根的执着。枝杈与土地仅有几米的距离，然而叶儿慌然脱离，随风翻飞，如舞如歌；无论朝着哪个方向，无论是否被动物践踏，依然高歌，落在根的四周，融入大地的怀抱。我问谁，谁也不语，那该是自然的绝唱，发自内心的情愫。更令人不可思议的是，每到夏初，就有好多好多的蝉破土而出，朝着大树的顶端奋进，着一枝，引吭而歌。

直到那一年，阳光融融，拂过内心小小的激动，春风暖暖，却吹过心底淡淡的苦涩，门前水杉树的针叶簌簌作泣，摇曳着内心的悲寂，那一天我同乡亲们一齐办完了父亲的丧事，将他安葬到了汉江的大堤边，头枕大堤，脚蹬良田，向着太阳升起的地方，给了父母一个安全、安详的归属地，我也能够放心地离开家乡。自那以后，就没有了家的感觉，而家乡、故乡的内涵越来越清晰，越来越令人魂牵梦绕，我的笔尖也从此不愿意躲进那个有些黑暗的笔套。

渐渐淡忘了，清晨堤岸护坡草尖那晶莹的露珠；渐渐淡忘了，沔阳三蒸在乡土味中蒸腾出的清韵滑腻；渐渐淡忘了，莲菜炖鸡块那散发着乡土的惬意；渐渐淡忘了，梅菜扣肉中那雪里蕻菜腌制出的岁月余香。整天进出超市，寻找着那些熟悉的蔬菜、果实、配料，却总也炒不出老母亲那恰到火候的鱼香茄汁的可口。遥望着雨季里老屋的身影，记忆便尘封在石碾依卧在院落的宁静，在那渐渐远去的记忆深处，我流泪了，潸然泪下，从心底流淌出难以抑制的酸楚。

我的笔端充满思乡的惆怅。

远离了家乡，在一个陌生的城市结婚生子，虽然有了自己的家，但是心中似乎愈加想念那个曾经属于自己的家。这时我仿佛能够真切地体会到落叶挣脱枝头的毅然，是家的力量，是根的力量。于是，一篇篇随笔都有故乡的身影，都有家的回忆，都有对父老乡亲的无限眷念，乡思曾给予了我深深的慰藉。

小时候常到汉江游泳，与江水为乐，老父亲常在江边看着我的身影，看着一个个小小的水浪而不时大声喊叫："别游远了，别游远了，到岸边来，到岸边来。"虽生在水乡，整天在江水中泡大，但每当要出远门，老母亲总要叮咛几句："家乡的鬼，外乡的水"。总怕孩儿因不熟悉外乡的水性而出什么意外，也验证了"儿行千里母担忧"的古谚。

小时候，我常傻傻地问父亲："江水会流到哪里去，它们还会回来吗？"父亲坚定地说："它们的归属是海，但它们一定还会回来，只是不知道它们的归期。"现在我站在海边，看到海浪冲向沙滩，拍打岸边的岩石，终于明白了江河归海，看到头顶上的白云飘向北方，飘向我的家乡，终于明白了，它们要飞过千山万水，终归回到汉江，回到大海。江水依然向往着这儿的海，可海岸边站着的游子，心底依然深深地萦绕着江的无私。我心里明白了一个道理：当我漫步在海的沙滩时，虽然江河猛狭，而心中油然觉得江河更宽阔；而当我站在江河的岸边想着海是什么样时，海对于我来说，是那样的无边无际。总想将家那头的江河尽收眼底，我想永久地将它收藏，而它又是如此邈远。

乡愁才是江海之间最美的语言，才是我文章的灵魂。

每个生灵都有它的根，滔滔的海水也有它的根，都有着相互联系的一道情愫，流淌着世间最美丽的情感。家乡有那流不尽的江水，那就是大海的根。这一头是我的家，那一头还是我的家，无论新家老家，它都有着家的内涵。世间的往复循环告诉我，没有不回头的江河。

"没有不回头的江河"，何况是乡愁。那是多么简单却又那样凄楚动人的话语。带着寻找的愿望，带着按捺不住的依恋，如同北去的云，再回到那片熟悉的土地，一定是狂风暴雨般地倾诉，而胃口中的苦恋终于得以释然：再点一道沔阳三蒸，再来一盘梅菜扣肉，再要一碗莲菜煨汤，再加碟特别腌制的萝卜辣条，多少赞叹的话语只有用笔来叙说。踱步于已多少年无人光顾的乡间小道，感受着那氤氲的雾气里弥漫着的泥土的芬芳，犹如城里刻意修建的自然生态的森林幽深小径，令人销魂，那一刻我觉得自己被融化了，被家乡的味道融化了。随手摘朵路边的野花，或采一把沉甸甸的野蓖麻，我惊诧于那根系的扎实，那枝秆的理直，是它生成了绚丽的色彩与丰满的果实，那时我才找到了一直追寻不到的答案。

无论我走到哪里，江水都会随我而行，都会为我扬帆起航，一卷书，一杯茶，一碗水，品味着脉脉乡情，在心底一直有灯塔照着我向前的方向。我的笔也不时蘸往那抚不去的乡愁。

走南闯北，自然南腔北调地失去了纯正的乡音，但走到哪儿，口一开，人们总会猜出我是来自哪里。虽然说话的口音会改变，生活习惯也会改变，回到家乡还可能被误认为是外地人，但我乡音的魂没有变，对水的感受没有变，与故乡扯不断的根没有变。家乡情感就是那天空飘过的云，无形、无色，无论走到哪里，它都会在我的头顶与我相伴。山，搁不住；水，挽留不住，一头是我的故乡，而另一头就是我的身影。

故乡是我笔下永恒的主线，也是我文章中的眼。

我的创作灵感源于故乡情，思绪中的每个片段，无论是什么题材，无论是什么主题，只要你拿起笔，写上几百字、几千字、几万字的文章，那都含有故乡挥之不去的魂。故乡成了我笔尖上的音符，成了墨汁中的浓淡，在灵动的方格里，总能够组合成一曲深情而又舒缓的旋律，这就是思乡时的慰藉。

故乡是乡愁中的一件头枕，当你疲惫不堪时，总会拿出它来，闭目养神，放松身心。故乡是舍不得放下的安徒生童话，当心神在异地他乡翻腾时，总能找到那童年时缤纷的画卷。

故乡啊，你果然是游子在落魄时的避风港，是伤心时的创可贴，是凄凉时无声的安慰。

在人类的历史长河中，有多少游子也是这样，虽然身在异地他乡，却情系家乡，又有多少才华横溢的游子用自己的文笔来抒发着思乡之情。我想，作为一个有血有肉的人，总不至于会忘却自己的故乡。虽然人走到哪里，根就会飘到哪里，但也总会寄语头上的云朵带着乡思向着故乡的方向飘去，在异地他乡的生活虽然苦涩，但我想这根仍会像原来一样坚韧、执着。谁都不会忘记裹着乡土的那片思乡的云朵。

我的乡思，就像昔日跑过无数次的小路，在不知不觉间变得如此漫长。

夕阳把我的影子在异地的柏油路拉得长长的，似乎想要阻止我向前的脚步，我却顾不得太多，只是不停地跑，任凭微弱的星光，轻轻地打在我的身上，夜色慢慢地笼罩着周围的一切，慢慢地吞噬着年少的时光。但内心里总是那样明亮，因为有故乡的余晖一直留在身边。

文章里常常入题的，正是我梦中追溯过无数次的景象。

稀疏的小树林间，每一片叶子都被染上了梦的颜色。它们彼此重叠着，像一只只向上爬去的蜗牛，无论多么艰辛与漫长，留下的是明亮亮的印痕，又像是没有方向的彩蝶，将偌大的美丽留在少年的追逐之中，将烂漫的脚步悄悄地留在闪闪发光的蝶影之中。而它们的影子总是那样美丽，也如同肩负了使命一般，与周围的叶子努力地区分开来，即使偶尔有微风拂过，也不过是极不情愿地微微拍打一下翅羽，就又恢复了思乡的宁静。夕阳毫不吝惜地抛出它身上的所有余晖，任它们在空中扩散、弥漫，深深浅浅地染红了每一片薄薄的云，染红了思乡的云。那样残缺而又悲壮的美，随着它下落的轨迹，在不是均匀的染料中，轻轻地搭出了一道回乡的彩虹路。

融入文章的精华，那一定是故乡的浓缩，浓墨里一定裹着昔日的美好时光。

或许，我们描述得很静很静，好像稍有些声响，都会打碎余晖精心编织的紫梦。有时候，思绪躲在小树林的某个角落，折射出橙黄色的光。而那些幽蓝色的远方，也如一块块被汁液润过的蓝宝石，闪烁着诱人的光亮。我的眼前不禁出现了一幅明天更为和谐的画面：夕阳下，一群快乐的孩子向我奔来，我已白发苍苍，在宽广的操场上，在青春的淘气里，笑着，闹着，我的回忆在孩子们的衣衫间跳跃，父母之爱，姊妹之情，同学之情，师生之情，回家的路，油然升腾，总该是一路欢歌，一路笑语，而我醒来，却只有孤零零的自己。

再远处，文章的尽头总会有一排排矮小而又古老的小房，伫立在四周，本来就有些发黄而斑驳的墙，长满不知名的荆芥，还应该有一只我心中忘不了的总对我摇头摆尾的小黄狗，或许这才是文章的收尾，思乡的情结本不应该悲凉。它是否会担心那熟悉的小房会被谁暴力地拆除，当我回家时已见不到踪影，它会不会躲在黑暗的夜色里因为见不到我小声哭泣，或者因认不出我而扯着我的裤脚撕咬？即使是夜色包裹着，我的文笔依然如晚霞般美丽，我在文章里自由，像是在追寻着什么，怀念着什么，却早已是徒劳，依然落俗于家乡的村头与那张牙舞爪的树杈。

乡思就如飞越江河湖海的云，又宛如一只摇头摆尾的小黄狗。再美的文章似乎都不够绝唱，江海的恋情好像过于凄惨，然而人生的沧桑却点缀着柔情。或许它没有直线的坚强，或许它缺少曲线的温顺，但我的文章却总如迷茫中的夜明珠，昏暗中的启明星，是我思乡中生与死的绝唱。

我的文笔源于思乡的那份真情。

守月花

　　秋天是金色的，尤其是农庄的田野、村舍与堂前屋后。除了金色还是金色，在阳光下金灿灿得令人兴奋。金色的玉米，金色的黄豆，金色的稻香，金色的被丰收所挤占的禾场。人的视野、虹膜是金色的，人的心里也流溢出金色。

　　傍晚，当太阳还有些炫目时，就已疏疏淡淡地赶往西山，忙碌的人们借着这永生的灯笼，开始结束一天的农活，或准备收工，或仰望天空，叹息着时光的匆忙。太阳渐渐隐入地平线时，月亮就明晃晃地闪着淡黄的光，在每天都是丰收的日子，那清朗的光晕让人生出许多遐想，而这遐想也伴着金色渐渐被月光掩隐。

　　20世纪六七十年代的农村少有现代化的电力照明，忙碌了一天的人们往往还要借着太阳的余晖与如同白昼的月光干完一天的农活，大多是收拣分装储藏之类的。或是一家老少围坐在月光下，各自口若悬河，东家长西家短，赵家的傻子怕见丈母娘，张家的妮妮坐错了轿……或通过逗趣、许愿，打发时光，让一天的疲劳在笑声、嬉戏中消逝。

　　那时，农村的月光尤其明亮，没有灯光的污染，没有雾霾的遮挡，空气清新，星光也璀璨。所以能见度高，好像夜晚与白天没有明显的分界岭，看得见家家户户门窗的敞亮，看得清行人的匆匆过往，看得到萤火的飞来舞去，甚至能看得清河塘的波光与树影的稀疏。

秋天的月光下，家家户户都会有打糍粑发出木棒戳打石臼的声响。让月光掩抱的静寂，格外清亮。糯米浸泡数天蒸熟后，趁热倒在石碓窝里，用木棒使劲杵动，搅拌成糊状，达到又糯又绵的程度后，摊在案板上做成圆饼，陈放一段时间后，切成条状，放在热锅里用慢火煎烤成金黄色，清香可口，如同心中的金色拌了喜悦的味素，余味无穷。

月光下，母亲在闲下来后，会烧一锅热水，浸泡上艾叶，将一个个小孩拉到身边用发着浅金色的艾水帮孩子们搓洗周身，驱晦气，防蚊叮，别样的开心。这当中，孩子们睁着大眼睛，什么都新鲜，什么都好奇，专注地听着母亲讲故事，明事理。我幼小时就知道了天宫里有嫦娥、吴刚，还有玉黄大帝与王母娘娘，三十二孝，孟母三迁，岳母刺字这些启蒙教育的故事，也是在那时有一些裹着金色的智慧在脑海里扎根发芽，终身受益。

母亲在月光下做了无数的农活，她讲的故事也有无数箩筐，而我记忆最深的莫属《守月花》了。

每年八月十五，一家人围坐在门前，一直守到皓月西下，才入室就寝。据说，如果你有幸能够看到天门顿开，看到神仙闹社的盛大场面，那一刻，就会有个白胡子的神仙下凡，满足你的三个愿望。或是见到天空张开一条大金口，月亮变成一个金光闪烁的球，金色耀眼，出现的时间很短，几秒钟就销声匿迹了。那就是说守到了"月花"，但不是每个人都那么的幸运，有福气的人才能守到"月花"，没有福气的人，根本看不到。守"月花"的人不少，守到月下西山，有谁守到了"月花"，也没人知晓，因为心中的月花是一个人难以言表的秘密。

儿时也常盼着能够与神仙爷爷相遇，可是，总坚持不到半夜，便会在母亲的眼前沉沉睡去。早晨起来，发现自己躺在了床上，总有一番懊悔，问母亲是否见到了神仙爷爷，但她总是笑而不答。

屈指数来，离开老家已三十多年，那房前水塘的清波与树影时常在梦中的微风与金色的碰撞中摇曳，母亲也离开我快 18 年了，她的慈祥与坚定也总在梦中与我对话，和我相聚，而今夜的月光显得残破不堪，没有小时候的明亮，也没有那样的清新。一个人茫然走在高楼林立的街道尽头，不知道要去哪里，不知道要寻的方向，凄凄然走在月光下，闻不到吴刚的醇香，看不到萤火的飞扬，但我渐渐悟出了母亲心中的月花——子女的健康成长不就是母亲心中最耀眼的月花吗？而我是否就是母亲当年所期盼看到的月花呢？

今夜月光灿烂，今夜天门顿开，今夜心里流淌出金色的思念。

江水无情堤有情

我的老家位于汉江边。流传着"沙湖沔阳洲，十年九不收"的民谣。记忆里我的家乡绿树掩映，阡陌交织，素有"鱼米之乡"的美誉，当然这要归功于汉江边蜿蜿蜒蜒，宛如长城的江防大堤将从没臣服的滔滔江水锁固在有限的狭长空间，因而我从出生到现在也未曾见过汉江水患的肆虐，见到的或记忆里的只是青绿的防洪大堤与葱翠的防洪林。

春天里，堤外是一片麦绿水秀，农耕繁忙，美丽无比的景象；堤内是桃花红、垂柳青、油菜花金黄一片的江南景观。正如王维所描绘的那样"江流天地外，山色有无中"。

在老家村后，汉江宛如在不多远处卧着的一条金黄色的巨龙，日夜游动。西北而来的滔滔江水，在这个地方，形成了一个东北向的大拐弯，有说叫"祝堤拐"，有说叫"竹林拐"，我无从考查其命名的来龙去脉，但该处的确是地方政府挂牌督战的防洪险段。该险段堤内无滩，临江陡险，每年一到汛期，就要人工抛撒大量的防洪石，或篾扎的沉石笼。在江水的不断贴岸冲刷与拍打中，防洪石避免了堤岸垮坡，也使得险段处水深达数十米。江水拐弯后，奇形怪状的抛石迎击汹涌而至的激流，又形成了无数的漩涡与浪花，犹如一条从不驯服的"金龙"，撞击着从天而来的滔滔江水，保护着下游的干堤免受冲刷。所以，即使洪峰怒吼而至，我所在的村庄也绝对是安然无恙。

站在大堤的制高点，面对这幅没有刻意装饰的水墨画，我也抒发出了"放眼树影疏，萤火飞扬静。月圆向西斜，临波澜相映"的感慨。

因工作的原因，很少回到江边重温儿时的童趣，但心总在江堤的绿草之中。我无时不感叹，江堤是故乡的守护神：

站在春绿秋黄的村庄，

隔着爬满胖根草的江堤，

只见幽然萦绕的炊烟，

不见落桅的风帆。

站在冬露夏掩的浅滩，

隔着爬满胖根草的江堤，

只见匆匆远去的风帆，

不见腾空的炊烟。

假如你既想看到风帆，

又想见到炊烟，

你只能站在江堤的顶端，

左顾右盼，

挥挥手，那片云

锁不住炊烟，

留不下风帆。

江堤是故乡的守护，

帆船是驿站的执着，

炊烟是宁静的港湾。

走到哪，

望着头上飘过的云，

想着的一定是那条江，

江边那爬满胖根草的江堤。

汉江堤边也留下了我逃学的身影和调皮脚丫的泥痕。因为我从小就喜欢在防洪林中捉知了、拾树枝，在江滩的麦地里挑猪菜、打牛草，在江堤的雨后捡拾墨青色的地衣。稍息之余，时而与小伙伴们竞相在堤坡追逐、爬滚，时而躺在江堤上呼吸着青草的芳香，时而感受着阳光的温暖。江堤上，望着蓝天或繁星，我曾经陶醉，我曾经幻想，也曾经流泪。

汉江让我莫名的伤心。记得小时候，母亲时常带着我面对滚滚东去的江水长跪不起，我茫然不知所措，每每总是将她的衣角拉得紧紧的，生怕她舍我而去，而她也总是无声地向着江水诉说什么，以致眼角随着岁月的流逝形成了两道深深的泪痕。我曾为她找了位名医，也没能将她的迎风眼疾治疗痊愈。

后来，随着年岁的增大，慢慢明白了母亲的心思。因为汉江无情，一次桃花汛期后，她失去了亲人的消息，从此与相思和苦难相伴，江堤内外的无限美景很难让她的脸上出现丝丝微笑，似乎无限的思念只有向江水诉说，江水能够带去她的祈祷，江水能够充当她的信使，也只有江水能够明了她的相思。

而今，母亲埋葬在汉江堤边，那里有儿子逃学的身影、脚丫的泥痕和吟诗的余音，还有那条阻隔她与亲人相聚的"金龙"相伴，在她时常诉说、叹息的地方能够得以长眠安息……

姐姐的嫁妆

嫁妆亦称"陪妆""妆奁"。各地、各民族有关嫁妆的风俗习惯存在差异，不同时期嫁妆也会有所不同。20世纪七八十年代，在我的家乡江汉平原一带，女孩出嫁的陪嫁一般是一套原木打制的家具，再就是床上用品等。

轮到我家大姐快要出嫁时，全家人就犯愁了。因为老父亲长年卧病在床，有时老母亲要陪护，带着父亲到各地求医看病，实际只有大姐一人在生产队劳动。加之求医治病欠下了亲朋好友的很多债务，我家算是生产队里最贫困的家庭，队里也就不可能借钱给我家为姐姐筹办嫁妆。

在我的家乡嫁妆是女家身份、财富与势力的象征。一般来说，媳妇在婆家的地位是与嫁妆的多少成正比的，如果嫁妆太少，会让婆家人瞧不起。所以无论多么穷，娘家人都要"颠起脚来做长子（高个子）"，想方设法也要为待嫁的姑娘备点像样的嫁妆。为给姐姐办理摆得出去的嫁妆，老母亲没有少操劳，早早让人帮忙砍伐了房前屋后的几棵大杨树泡在水塘，但由于没有活钱，请不起木工，眼看大姐的婚期临近，急得老父亲坐卧不安。

大姐当时是家里的顶梁柱，为家庭吃尽了苦头，为父母分担了不少忧愁。父母自然整天也盘算着为大姐打制一套像样的木制家具。按风俗，虽然女方家可以通过媒人向男方家索要一定的彩礼，再拿出一部分彩礼购置嫁妆，但我的父母生性好强，又死要面子，为了姐姐嫁过去后能够在婆家生活得有尊严，坚持不向男方家索要彩礼，还要硬撑着想法设方筹办像样的嫁妆。

有一天，老父亲到邻村向熟人好说歹说赊来一套捞网，想用这种渔具到河沟捕捉些小鱼小虾，换些钱以解燃眉之急。老母亲看到老父亲赊来一套捞网后，担心老父亲长年生病，身体虚弱，万一在网鱼时掉进了河沟，捞出个什么意外来，得不偿失。几天里老两口吵得甚是不悦。大姐知道父母吵架的缘由后，哭着求老父亲说，"我宁愿不要嫁妆，也不想让您老把命搭上。"老父亲只好硬着头皮，极不情愿地将捞网退给了别人。

过了一段时间，老父亲突然失踪了。队长张三听说老父亲是到北边离家六十多公里的火车站帮助装卸石灰去了，就停发了我家的口粮，要求我们找到他，让他必须回生产队干活。那时由于通信不发达，家里人也急得团团转，一家人坐在家里都成了苦主。

我放学回家就急匆匆地跑到了大队。正好，各生产队长及大队长、书记等人都围坐在会议桌四周开会。我径直闯进了会场，快步走到会议室大声嚷问："我大大（老家对父亲的称呼）失踪了，这与我们小孩有什么关系。想饿死人呀。"

队长张三那天也在会场，看我年纪虽小，但正气凌人，一番话把那么多开会的老少爷们儿都给镇住了。张三忙走到我面前劝我回家等着。第二天，张三就分给了我家的口粮。

据说老父亲帮助装卸的民工做做饭，打打杂，十多天赚回来三十余元，张三让交给生产队十多元作为补勤，算是平息了事。不几天家里就请了木工，为姐姐打制了一套全新的刷着红漆的家具。

在打制过程中，由于木料用完了，而大立柜还差一块隔断的立板没有着落，老母亲灵机一动，就到供销社商店扯了几尺红底碎花的棉布作了隔断。那块碎花红布虽是那样的鲜艳、吉祥，但一直让我感觉，我家还欠大姐嫁妆立柜的一块隔断木板。在大姐出嫁的那天，我特意早起用一根细细的铁丝将大立柜的门扣扎得紧紧的，还用一张红纸将铁丝包裹，粘牢，生怕姐夫家来接亲的人看出，那红红的大立柜里还缺一块隔断的立板。

2013年深秋，一个霜雾漫天的早晨，劳累一生的大姐终因劳累过度，永远躺在了她劳动的田埂上。参加完大姐的葬礼，看到大姐家那件红漆已斑驳，脱落得不成样子的大立柜，那块碎花红布随着岁月的流逝也已腐朽得没有了踪影，只在隔断处留下了锈迹斑斑的钉眼，我不禁潸然泪涌，而那块碎花红布总在我的眼前晃来舞去，挥之难隐，多日的梦里也时常在我脑海飘扬。特此，去拜祭了先于大姐去世的老母亲，在她老人家的坟前，我把大姐去世的不幸向她老人家轻轻进行了诉说，让她老人家给大姐捎话，我说下辈子，我们还做姊妹，我要做哥，大姐做妹，我要用我的双手，为大姐打造这世上最精美的嫁妆，让大姐永远活在尊严里。

当然，作为娘家人，也不会再差她那块让娘家人生活在羞愧中的隔断立板。大姐已安息，我也就不再在睡梦中遐想逝去的往事。

话不多言，对天祈祷：姐，弟为你许下最美的嫁妆！来世，我们还做姊妹，但你一定要等着，晚我几年投胎哟。

心中的兰花坛

离开老屋生活已三十多年，父母相继离开我们，到了另外的世界。老家的好多往事也都已渐渐淡忘，老屋的好多故事也已回忆不起，但老屋灶前的一只兰花坛却始终在我脑海里萦绕，那只并非古董的兰花坛让我今生难忘，至今每每想起总要浮想起一生劳累的父母，也正是那只兰花坛让我对父辈无私的品格感慨万分，可以说那只兰花坛影响了我的整个人生。

记得 20 世纪 70 年代初期，我们国家是百业待兴，老百姓的生活还不富裕。那时什么都凭计划，买什么都凭票证，尤其粮食十分匮乏。农村当时还实行人民公社集体管理，农民的口粮和城里人一样也按月供给。农民为了国家建设，每个生产队都比着向国家缴纳爱国粮，宁愿自己少吃点，也要节约出来多支援国家建设。特别是遭受自然灾害的年代，农民为了多缴爱国粮，就只有少分配自己应获得的口粮。有的生产队因秋收多缴了粮，在来年春季无粮给社员分配口粮时，就向国家申请支拨单。但支拨单只相当于粮票，而一年干到头往往是超支的家庭，拿到支拨单后，一家人围在一起，看着那支拨单直发愁。因此，印象中那个年代，在我的家乡还有好多人没有解决温饱问题，为了多缴爱国粮，宁愿自己受点饿，而我家虽属于那种"家大口渴"的贫困户，因为父母的吃苦耐累，倒是已基本解决温饱，也偶有待粮下锅的时候，能干的母亲就在生产队的边坡荒地种些蔬菜，以菜充粮，把我们养育成人，真的很不容易。

说起老屋灶前的兰花坛，记得每次母亲在洗米前，总是要抓出一把放在那只兰花坛里。那时宁愿自己少吃一口，也要多缴爱国粮，更是从日常生活中培养自己的节约意识。父母时常指着那只兰花坛教育我们，国家的建设要靠每一个人的奉献，国家好比大河，我们每一家好比小河，大河有水小河满，大河无水小河干，农民也只有多缴点公粮，才是对国家建设的最好支援，国家强大了，老百姓才会安居乐业；我们时时刻刻都要顾全大局，每天每家节约一把粮，全国所有家庭汇累起来就不是一个小数了，涓涓细流可汇成川呀。话语虽然简朴，但却让人受益终身。

背着行囊离开老家后，随着年龄的增加，随着知识的积累，时常想到一个朴素农村妇女对国家与小家的理解，对公民责任的承载。无意中培养起了自己的节约意识、大局意识，也培养起了自己吃苦耐劳的乐观精神。今天作为共和国的建设者来讲，我们要时刻树立节约意识、大局意识与无私的奉献精神，在工作中虽然会面临很多无法预测的困难，但只要我们团结一心，没有过不去的坎儿，国家富裕了，作为共和国的公民自然就能够得到分享。

我们的国家已进入小康社会，人们的生活变得越来越丰富多彩。虽然灶前不再摆设兰花坛，但心中的兰花坛却始终也挪不走，因为节约确实是一种美德，大局意识是一种承载，我如此难忘，萦绕心间。后来的岁月里还经常和朋友、家人说起那只兰花坛，那只或许能够成为古董的兰花坛，但出口的话语里却又添加了受益的温馨、幸福与自豪。

谁人知晓忆忘忧

家乡有很多适口的农家菜，其中有两种干菜不得不提：一种是黄花菜，一种是干豆角。而黄花菜尤受人们的喜欢，也引得历代文人闲士咏吟，或借物抒情，或以物寄思。

黄花菜是百合科多年生草本植物，根茎肉质，叶狭长，细长的枝顶端开出橘红或橘黄色的花，十分艳丽。它在中国有几千年栽培历史，除黄花菜外，还有很多别名，如谖草、萱草花、宜男草。由于黄花菜的开花期极短，而极品的金针菜则采摘于黄花菜含苞待放之时，因而常把未婚之女喻为"黄花闺女"，可想黄花菜在老百姓心目中之圣洁。

黄花菜的生长不受条件的限制，既可在农田、池埂，又可在林地、荒野，甚至路边，房前屋后都可以种植。黄花菜不仅供人观赏、咏吟，含苞待放的花蕾通过采摘、开水烫淖、晾晒，其成品便于保存，味鲜质嫩，营养丰富。而我借物移情的不是那绽开的黄花，而当是那黄花菜的成品金针菜。金针菜的烹调方法多样，而我独爱老母亲所制作的金针炖肉，那味道之鲜美，余味之回肠，一口品尝，余生不忘。

金针炖肉真正要做到味道纯正、可口，除了发好洗净的金针菜之外，还需要一些配料辅之，自然离不开粉丝、干豆角、五花肉。其基本的做法是将金针菜和少许干豆角用清水浸泡好，待干菜发好，将水控干后备用。首先将酱过的五花肉放在热油锅里炸到八分熟，放入农家腌制的辣椒、豆瓣酱，配以姜、葱、花椒、八角、桂皮、陈皮等大

思
亲

料，然后放入控干备用的干菜、粉丝，舀入适量清水，待汤开锅后，调好咸淡、口感，连汤带料一同盛入陶制的瓦罐，最后放入炉灶的余烬中煨炖，几个小时后，汤面之上就漂浮出许多晶莹透彻如珍珠般的因煨炖五花肉所浸出的特有的油滴，那香味呀，令你垂涎欲滴。

白居易有诗云："杜康能散闷，萱草解忘忧"，为他晚年的知己刘禹锡屡遭贬谪的身世予以劝慰。其实，从科学的角度来看，一朵区区无名小花，本身并不含有任何解忧的元素，只不过在观赏之际，助人移情别恋，稍散一时之闷，略忘片刻之忧而已。纵观常吃人间烟火的凡人，能够完全无忧者恐怕为数不多。李清照在《醉花阴》的"莫道不销魂，帘卷西风，人比黄花瘦"，寥寥数语就把一个闺中少妇心事重重的愁态勾画了出来，品味起来确有荡气回肠之愁情。以黄花之形来喻美人因相思而憔悴之身，一个"瘦"字把"愁"字推向了情感的巅峰，给人带来了强烈的震撼力。何况天下间还有不少仁人志士常为国家的命运而忧，为民间的疾苦而虑。堂堂七尺男儿，如真是"瘦"比黄花，那哪有充沛的精力去完成自己的学业、家业与事业。可见该忧的还得要忧，该忘的就让它忘得干净！切不可拖泥带水，缠缠绵绵。

黄花菜早在康乃馨成为母爱的象征之前，又喻为母亲之花，称之忘忧草。曾偶得唐朝孟郊的《游子诗》："萱草生堂阶，游子行天涯。慈母倚堂门，不见萱草花。"予以佐证。还有王冕的《偶书》："今朝风日好，堂前萱草花。持杯为母寿，所喜无喧哗。"陶潜的饮酒诗："泛此忘忧物，远我遗世情。"关于黄花菜为忘忧草的最早文字记载恐见之于《诗经·卫风·伯兮》："焉得谖草，言树之背。"朱熹注曰："谖草，令人忘忧；背，北堂也。"称它忘忧，来自《博物志》中："萱草，食之令人好欢乐，忘忧思，故曰忘忧草。"《诗经疏义》称："北堂幽暗，可以种萱"，北堂即代表母亲之意。看来，古时候当游子要远行时，就会先在北堂种萱草，希望减轻母亲对孩子的思念，忘却烦忧。又说古代有位妇人因丈夫远征，遂在家居北堂栽种萱草，借以解愁忘忧，从此世人称之为"忘忧草"。

无论忘忧草是暗指母亲，还是比喻妇人，似无多大区别，因为一个坚强的男人背后总有无数的女人为之操劳、担忧，甚至为之牺牲，思母也好，恋妻也罢，都乃人之常情。而我辈也因学业、工作等原因有过远离母亲，告别妻儿，踏上异乡的切身之愁之扰，当然也难免会有思母恋妻之同感。

每当想起去世多年的母亲，我就会回味那可口的金针炖肉。自己也学着做过几次，但总掌握不到那种火候，少有那种香得让人难忘的口感。在烹调之中，偶会低声吟诵"萱草生堂阶，游子行天涯。慈母倚堂门，不见萱草花"这一脍炙人口的《游子诗》，也抒发出了自己真切的思母情："窗下残月掩芳草，帘动心垂思悠悠；妻烹美食少津液，何人知晓忆忘忧。"

"何以解馋，唯有东坡红烧肉；何以解愁，独有金针炖肉。"在这思母恋妻之中，只剩这点小资的情怀。

父爱

—— 一个烧饼，何以回馈

小时候，时常听村里的老人讲，母亲的恩情，余生不可回报，而父亲的恩情可能只需一个烧饼就算了事。对于前一句从幼小开始我就深信无疑，对于后一句我始终未能苟同。

父亲离世已十多年，但他的身影依稀在脑海里固化——微笑、乐观与坚毅。我最不能忘记的是他那双粗糙、皲裂而十分有力的手，那双无数次拍打过我屁股的手。

记得有一年，我们村里来了城里的学生，就是知识青年下乡。他们大都高中没毕业，男男女女二十多号人。大队专门为他们建了村里唯一谈得上副业的窑厂，供知识青年劳动与学习，还在村办小学周边为他们盖了一排整齐的单层砖瓦平房，供他们生活与娱乐。窑厂离宿舍约莫二公里路，中间还要翻过一座江汉大堤。因此，知识青年的午饭就在窑厂解决。这样一是可节约时间，二来也算是大队对知识青年生活的改善。

我的父亲因为为人耿直、厚道，又做得一手好菜，就被大队抽到窑厂，专门为知识青年做午饭，晚上还在窑厂看护，有时去窑口帮烧窑的知青看看窑内的火候。父亲对那群知青特别友善，就像对待自己家的孩子一样，总是想法儿为他们改善生活，在窑厂周围的空地种了菜，养了猪，凭着自己的双手，获得知青们的一致喜爱与赞许。他不知为他们做了多少可口的饭菜，而自己却从未在窑厂吃过一顿知青饭，而是吃从家里自带的饭菜，冬天放在窑口暖热，夏天就着热水。

有一个星期天的上午，我与几个小朋友去窑厂玩耍，快到吃饭的时候，一个叫小曼的女知青，是为父亲帮厨的大姐，顺手递给我一个白白的馒头，正巧被父亲看见，他不由分说，就给了我一个耳光，还赶忙从我手中生气地夺走我还没咬上一口的馒头，恶狠狠地说：回家去吃。我深深感觉到了他那双巨手的力量，当时我就哭了，二话没说就往家跑。晚上，父亲早早回到家，精心蒸了锅馒头，还破例地烧了一个油汁茄子，但我还是没有感觉到任何香味和父爱的深情。为此，我好几年都没再搭理他。

几年后的一个周末，因家里没有柴烧，我就与父亲及几个同村的叔到离家三四十公里的江汉油田拉石油回家做烧柴。所谓"拉石油"，就是去江汉油田的采油井场，为采油工人做些体力活、脏活，帮他们干完活后，他们就会根据劳动情况，给一些落地油或回收油，以此作为对你劳动的回报。由于天黑，晚上我们住在采油井场的临时工棚，当第二天早晨准备离开油井时，看到一个衣衫褴褛的毛头小子，破坏了井场的一个铁制阀门，取出了里面的铜芯，正好被我们逮个正着。那小偷二话没说就将铜芯丢给我们，自己溜之大吉了。同行的一位大叔就说，拿着这些回家吧，我父亲说，等上班的工人们来了之后，说清楚了再走吧，人家放心地让我们留宿在工棚，不能这样就走了。一直等到第三天，那些工人陆续来上班，领班的工人听说事情的缘由后，还特意多给了我们几袋落地油，对我父亲的行为特别称赞。由于多待了两天，我们自带的干粮吃得精光，回家的路上，我饿得迈不开脚步，走到附近的一个军营门口，正巧碰到一个团长过来，看到我饥饿的样子，父亲诉说了没有干粮的难处，那位团长忙让警卫带我们到食堂吃了一顿白菜粉条米饭，团长还特地嘱咐厨师为我们送了几个热腾腾的馒头，至今让我不能忘怀，那也算我一生中最美的午餐。当父亲从厨师手中接过馒头转给我时，我感到这可能是父亲为了儿子的一次很不光彩的近乎乞讨。我清楚地看到那双手，有些颤抖，但很温暖，暖到心间。

从那一次拉回石油后，我突然感觉自己长大了，也深深感受到了父亲的淳朴与至爱，我也懂得了为人要厚道，要坚守正直与责任，要学会感恩与回馈，可惜的是，那位团长，我至今也不知他叫什么名字，也不知他是否会想到那顿饭让我温饱了一生。

思
亲

后来，国家恢复了高考，我努力学习，跳出农门，报考了一所石油院校，但并没有如愿分配到江汉油田，而是分配到了邻省的另一个油田。娶妻生子后，接父亲到油城住过一段时间，老父亲有很多看不惯我们享受现代生活的地方，而他最看不惯的可能就是我们对粮食的浪费。有一次，他看到我们要将有几处泛着绿点的馒头扔掉时，我感觉到了父亲的眼神里流露出的那种不解和气愤，我立马知道他是舍不得我们随意扔掉那些他认为还好好的馒头。他忙拿过馒头说，不能忘了过去过苦日子的时候呀，一定要节约，好好的馒头，扔了多可惜。

我忙从父亲手中接过那两个已经长出绿点的馒头，我看到了他那双粗糙的手，黝黑且长满了老茧，还有很多干燥的裂纹和创伤形成的众多疤痕，那上面分明也积结了多少年的苦难与沧桑，我的泪直往上涌，忙把馒头拿到厨房，揭去几处长出绿点的皮，切成片，打上两个鸡蛋与一把面粉调和好，就将馒头片粘上打稀的面粉鸡蛋糊，再用油锅烤焦。焦黄的馒头，端到桌上，一家人吃得十分香甜与开心。

现今，远离了饥饿的日子，日子也过得飞快。很多事都已淡忘，但父亲的那双手，与馒头有关的往事，父爱的那份凝重，让我终生回味 —— 父爱无边，父爱如山。

父爱，又何止是一个烧饼能够得以馈报的人间真情。

光秃秃的那个喜鹊巢

在北方的原野，一到秋天，呼啸的北风会将一片绿色染成金黄，不几天，金黄色的落叶摇摇曳曳，纷纷洒落，只剩光秃秃的树枝和那十分显眼的喜鹊巢。

对那喜鹊巢而言，当金黄色的叶片从枝头飘然而逝的时候，它就被暴露无遗，而喜鹊也就围绕在巢的上下左右不停地盘旋，还喳喳地叫个不息，警惕地注视着四周，生怕谁来打扰这儿的安宁与静谧。而过往的行人也对这喜鹊营造技术的高超而惊叹，因为喜鹊筑巢总是选择高枝、强枝与壮枝。任凭风狂雨骤，它自岿然不动。当然，在荒原你看到光秃秃的树枝上的喜鹊巢时，也平添了几多思家的感慨。

游子多悲情，诗人喜落叶。诗人的笔下赋予落叶生命或情感的寄托。当秋叶从枝头飘然落下的那一刹那，秋就不急不慢地走进了田野或荷塘或堤岸。秋叶自然对树枝依恋不舍，迎着北风划出生命的最后轨迹，那种不舍之情，在摇曳而落时，给人以绝唱的婉约，在秋风里，金黄犹如一面迎风招展的战旗，曳然触地，竟是如此的伤感与凄凉。

静静地躺在树脚的四周，那不是秋叶的本性；铺展在秋天的土地上，展示最后的舞姿。没有盛大、最为隆重的典礼，一路疯狂，随风到一个不知名的地方。风停了，它觉得找到了归宿，猛然下坠。它知道，这里可能就是自己最后的宿营地。或腐朽，或再生，全然用不着喜鹊去思考，也用不着游子来埋葬。

没有了金黄色的枝叶，喜鹊看见天空是那么蓝，阳光是那样灿烂。这是一片荒原，四周的树木，都是光秃秃的，连原本生长在脚下的蒿草，还没有枯萎，也被无情的风刮得干干净净。秋天里的阳光毫无遮挡地照着，明媚而亲切。阳光是不会挑选什么地方的，只要它能照射的地方，它都会毫无保留地光临。只有喜鹊巢里的幼小生命感觉到了无比的温暖，它似乎觉得自从掩藏安乐窝离开母体以来，这是最为舒适、安静的时刻了。它安静地躺在明媚的阳光底下，尽情享受阳光的抚慰。在享受阳光的明媚之余，有些许惊恐。也让喜鹊多了几分担忧，几分责任。

秋叶落尽总会给游子归根的感叹，加之高高的喜鹊巢尽收眼底，或因喜鹊的叽叽喳喳，油然写下了《秋思》，对父母多了几分思念：

寒秋摧叶黄，残月挂枝霜；

苦主问空巢，过客栖何方。

2007 年的冬天到北方出差，看到了孤零零的喜鹊巢，不由见景生情，想到了父母的一生辛劳，专程在 2008 年的清明节返家追思了父母的养育之恩，写下了《清明思母》的小诗，摘录于此，以寄哀思：

千里清明一日还，数枝淡花两泪含；

梦里呼我凝相识，醒来问她不相谈。

再望到那些光秃秃的喜鹊巢，还有那在喜鹊巢飞来舞去的花喜鹊，我的心总是"嗒噔"一声忆起很多往事，夜晚的梦里也必然会有母亲的影子……

怀　乡

马口坛的往事

　　20 世纪的湖北城乡，流行着一种日常生活用陶，那就是马口陶。据考证，马口的陶瓷业始于北宋年间。马口原只是个汉江边的小镇，新石器时代就有人类在此繁衍生息。相传关羽在征战曹操的战斗中，宿营此地，将赤兔马系在一根石柱上，后来人们便将此处定名"系马口"。

　　马口陶采用当地特有的红黏土，土质细腻密实。用这种红黏土烧出的陶器耐腐蚀、防渗漏，储存腌菜不腐烂、不变味。陶器外表摸起来细腻，敲起来铿锵有声。马口窑虽非官窑，但其产品实用性强，又古朴典雅，讲究刻花装饰。马口陶常以划花剔地的阳纹为主，刮花阴纹作陪衬，烧后呈橘红、紫褐、酱红、紫红、古铜等色，庄重耐看。马口陶的老艺人擅长信手挥刀，在坛面上飞快刮刻出花卉人物，刀法老练、简洁大气、虚实相生，往往是意到刀不到，寥寥几笔就能勾勒出传神的形象。有些马口陶绘制有民间传说或故事，如八仙过海、状元及第、天仙配、四老仙、九学士、西游记等。这些陶器简洁、质朴，深受汉江两岸劳动人民的喜爱。

由于马口陶的价格便宜，面向普通民众这一大众消费群体，促成了当年马口镇的人头攒动，车水马龙，桅杆林立，帆影无边。成千上万的马口陶制用品通过汉水等运往全国各地。而我的家乡就住在汉江上游的堤坡边，因此家家户户都有马口窑烧制的坛、壶、钵、罐、缸、盆、烘炉等生活器皿。

2001 年办完老父亲的丧事，兄弟姊妹围坐在一起，谈谈家事，叙叙旧情，追忆父母的恩情。而此时我真正体会到父母离世后就没有了家的感觉，如同断线的风筝，一片茫然。父母的老屋留给了老大，老小在我的资助下建了新屋，而我长年漂泊在外，已定居外省，平时由于工作繁忙，偶尔回到老家，有父母的盛情招待，而我此时倍感失落。当我的眼光落到院墙边半掩在杂草与泥土中的一只马口坛时，怦然心动。健步过去，仔细地将它从杂草与尘泥中轻轻托起，又小心地将那些落荒而逃的未名的数只昆虫抖落到地上。老弟也帮我扒出另一只，机灵的弟媳似乎也明白了我的心思，慌忙接过去，拿到门前的荷塘细细刷洗干净后放到我的手边。我轻轻用双手将陶坛托起，仔细端详，坛身釉色古朴厚重，人物栩栩如生，图案清晰，心中无比高兴。弟媳又忙从卧室拿出早为我们准备好的一床崭新的棉被。我仔细地将两只马口坛用棉被包裹起来，又小心地装进塑料条纹编织袋，因为我将把这对马口坛带到数千里之外的异乡，相随左右，以此寄托对父母的哀思，虽不贵重，但也要警惕路上有闪失。

值得一提的是，湖北各地一直沿袭，俗称"女儿"为"坛子"或"酒坛子"，源于女儿出嫁前男家必要送一两坛美酒，女方陪嫁的食品也往往以各类坛子装盛，以示久久相爱，团团圆圆。马口坛因此成为当地婚俗喜庆必备之物。我想，我老家房前屋后的马口陶一定也有很多吉庆的故事沉钩其中。

每一只残存下来的马口陶都有它的故事，都有它的沧桑，或多或少都蕴含一些特定的情愫，值得品味、挖掘，也值得老来记忆、追思。

我作为一名漂泊他乡的游子，自然对从家乡带来的马口坛倍感珍惜。不因其娇美，不因其华贵，只因其厚重、朴实、情真。

老家的婚姻往事

在我小时候的老家农村，有很多娃娃亲，什么姑表联姻、舅表姻亲，还有转着的兄妹间的互换亲，两家对换或三家隔换，屡见不鲜。在法律视三代以内旁系血亲联姻违法前，尤其所谓的亲上加亲，更是盛行。

换亲剥夺了青年男女的自由恋爱权。"男大当婚，女大当嫁"，追求自由恋爱的青年男女与老人包办换亲的争斗时有发生，也有一些因为意外事件产生变故的。

我家的大姐，也曾由父母包办订下了娃娃亲。

大姐的娃娃亲对象是我母亲的姑表侄，我的表哥。那时，表哥常到我家去串门，帮助干些农活，以获得老母亲的夸奖，自然也是为了讨好我的大姐。他每次到我家都不会空手而来。按照习俗，每遇农历节日，订过婚的男方都要到丈母娘家送节礼，以示走动，通过送礼，察言观色，看看是否有退婚之忧。当然所送礼物无外乎些鸡、鱼、肉、白酒之类的，还有些专门给家族里的小兄弟、姑嫂姐妹准备的小食品，什么花生、月饼、粽子、麻糖叶、糖果等，甚至锅盔、水晶包、油条等，往往是一抢而光。

按照习俗，如果未进门的姑爷给丈母娘和其他堂叔长辈送了鹅毛扇，就说明当年年底男方家要请媒人出面商议婚事。

有一年，我家收到了表哥送来的鹅毛扇，正当一家人欢欢喜喜准备为大姐筹办婚事时，表哥与他的父亲因为偷生产队的稻谷被抓了。当时他们家里没有了陈粮，一家老小生活无着，等米下锅之时，表哥与他的父亲趁夜色到生产队的稻田偷了两箩筐还没完全成熟的稻谷，垫在了床单下，想用身体捂干后加工，以解决温饱，后被村干部顺着稻粒找到了家，自然是人赃俱获，束手就擒。

大姐听到消息后，愤怒不已，关在屋里大哭了几场。最后，不顾亲朋的极力反对，毅然向表哥家提出了退婚的口信。表哥接到口信后就带着他家的亲朋好友数百号人把我家围得水泄不通，似有抢亲的苗头。好心的乡邻，如何劝说也不能奏效。

大姐虽没上过几天学堂，也在公社扫盲班识了不少字，懂得不少事理，她毅然站到堂屋的方桌上，振振有词地说："退婚之事与我家人无关，你们不要乱来，现在新社会了，你们还敢光化天日之下到我家抢亲，难道没有王法了。"指着老表哥说："我不嫁给你，不是嫌弃你家穷，也不是嫌弃你长得丑，只怪你做的事太丢人。明白告诉你，我不会嫁给偷鸡摸狗之人。"

表哥自知理亏，带领那帮人灰溜溜地返了回去。我至今也被大姐所表现出的勇敢正直，是非分明的情怀所折服。

大姐后来找到了称心的郎君，姐夫虽没有表哥帅气，也没有表哥能说会道，但大姐自嫁过去后，就很少回娘家小住了，只知为婆家辛苦劳动，小日子过得红红火火，远近乡邻都觉得她过得殷实、富有，我们这些娘家兄弟听起来自然也觉得荣光。

我也曾由父母包办了一门亲事，没过门的媳妇是我堂姑的大侄女，后来我上学远走他乡，至我离开家乡也没曾见几次面，那门亲事也就自然因我退婚的口信没能续缘。恋爱自由，婚姻自主，旧的陋俗一定要铲除。

"烦恼"何能注入心间

——雷场的往事与梦想

雷场，位于江汉平原，汉水之南，现隶属仙桃三伏潭镇。这里一直保留着农业耕作的传统，主要生产水稻、棉花、小麦，还有玉米、高粱、豌豆之类的。加之距县城、乡镇都较为偏远，因此人文思想相对封闭，远近"闻名"也就十里八村的。由于沪汉蓉高铁的建设，这里设了仙桃西站，雷场才算热闹起来，闻名的范围也越来越广。

据记载，雷场于明清年间形成小集镇，距今已有三四百年的历史。村子因以雷姓人在此设店做买卖，后逐渐形成人们赶集的场所而得名。这源于中华人民共和国成立前的舟楫时代，雷场因在汉江南边设有一码头，雷姓人家将石灰、石料、马口陶、木材、日常生活用品等源源不断地通过汉江从上游的襄樊、宜城，下游的武汉、沔阳等地运输到这里卖给毛嘴、剅河、横口和雷场周边等地的村民。

中华人民共和国成立前，雷场街在汉江南边约一百米的地方，处于汉江大堤垸内，后来由于兴建汉江大堤，汉江江水被控制在汉江大堤垸内，雷场街因每年被汉江上游桃花汛带来的洪水淹没，大约在20世纪50年代初，政府就将雷场街统一规划迁到汉江大堤外，在离旧街约一公里处建成了现今的雷场十字街。而雷场十字街真正雷姓人很少。雷姓人家在统一规划时分别迁到了雷场十字街的东西两头。东边的叫染坊湾，西边的叫雷家湾。雷场十字街的住户基本为原仙桃、武汉等地来的外姓人，或原住老街的商户，很多当时是吃商品粮的，中华人民共和国成立前大多没有自己所有的土地，纯粹是生意之人或是因为政策而被政府派驻下放而来的。

在20世纪50年代合作化时期，雷场十字街集体所有的土地很少，每年都有一半的时间靠国家的返销粮维持生计。即用镇乡粮所下发的支拨单到粮店买粮。

记忆中，雷场十字街几乎各家都有人在外地工作，改革开放后，年轻人大都在外务工，许多家的老一辈重操旧业开办了杂货店、豆腐坊、猪肉店铺等，以此营生，家庭条件自然比周边村庄的条件好了许多，他们也算雷场先富起来的万元户群体。随着时代的前行，合作化时期政府开办的棉花收购站、商场、肉联厂、饮食业、卫生院等集体经济实体相继垮掉，那些曾经繁荣的往事与人云是非，都已成了雷场历史上永久的记忆。汉宜高铁站的建成运营，为雷场这个偏远小集市注入了发展的动力与活力。

中华人民共和国成立前，雷姓人家有做木工活的，有染布的，有卖陶瓷生活用品的，有卖五谷杂粮的，有开饮食业的，雷家还开办了一所远近闻名的私塾，主要传授三字经、道德经、孔孟之道等。

雷场在人民公社时期，十分重视教育，乡镇政府在雷场专门建设了雷场学校。学校的教室是当时雷场大队最好的房屋，为了孩子们的体育运动，大队还专门安排人到江汉油田买回废旧钢管，建起了篮球场、乒乓球桌。雷场学校有小学班、初中班、高中班，繁荣时期，有二十多个班，教职员工近三十人，教学质量上乘，周边村镇的学生都到此求学，还有从仙桃市区慕名而来的学生。仅高中的一个班，1978年、1979年两年，雷振清老师带的学生考上大学、大专、中专的有一半以上，那算得上雷场学校教育史上最大的成就了。那时的学费一学期只有五毛钱，基本是免费教育，雷场学校的篮球、乒乓球运动和教改在乡镇比赛中屡屡夺冠。老师十分敬业，时常走村串户实施家访，带领学生勤工俭学，启发学生发明创造。

有一位民办物理与数学老师罗德铸是学校的名人，他的出名源于他经常带领学生对农业机械进行拆卸，还带领学生用木材设计制造了一台木制的测量仪，十分精准。

天气晴朗时，罗老师就带领学生到田野地头，汉江边实地测量汉江的宽度（辅之以相似三角形原理或余弦定理），丈量、测量汉江大堤的高度。通过这些活动，激发学生思考、开发学生的智力。而面对滔滔江水，学生们作文的梦想大多是长大了能够在雷场与双河垸之间亲手架起一座跨越汉江的水泥大桥，这也算是我初中时期的最大梦想。

"三十年河东，三十年河西"，雷场学校的操场现已成了菜地，原先的教室已不复存在，只能看到略微高起的台基，能够让你感知那曾是学校的旧址，可以依稀分辨出哪里是教室，哪里是办公用房，哪里是下乡知青曾经住过的地方。而小河对岸的仙桃西站已开始投运。

前段时间从汉口车站坐高铁回了趟雷场，也体会了高铁给雷场带来的出行便捷。但我的梦想至今也没能实现，我相信不远的将来，梦想中的雷场汉江大桥一定能够建成，雷场也必会成为远近闻名的高铁客运站和农副产品的集散地。

雷场十字街从江汉大堤垸内拆迁到垸外几十年了，由于交通不便形成的经济相对落后，街道的外貌几乎没有大的变化，只是二层以上的楼房稍微多了些许，不同的是原来的早市由街东头迁到了街西头，这样雷场十字街西头成了雷场晌午前最繁华的地段。

如果你回雷场，一定要早起到雷场早市上去要碗包面（馄饨）或碱水面，配上几根油条、几个锅贴或水晶包之类的，与乡亲聊东扯西，听听街道小贩漫不经心的吆喝声，流溢于外的"谁家发财""谁家致富""谁家孩子有出息"的仰慕之情，那是件十分惬意的享受。在对乡食、乡情、乡音的品味中，感受幸福。

幸福从哪里来？

幸福就在我们不经意的指尖或没有噪音与雾霾的乡村品味中划过，那没有留下痕迹的划过会在你的心头萦绕，令你回味，一时忘了你在哪里，你是谁。只有融入这样的偏远小集市，才能真正体会到生活虽平凡，时光也匆忙，人生却优哉游哉，"烦恼"二字又何能注入你的心间。

村东头的趣事

——雷场的往事之二

雷场——江汉平原上一个不起眼的小集市，祖祖辈辈都没能想到，竟然因汉宜高铁的建设成了仙桃西站的第一村。如果您在百度、搜狗等知名引擎栏敲打上"雷场"二字，再点击搜索，十有八九是云南边陲小镇，意为战场上的雷场，同"厂"音，安置地雷的地方，而我所要讲的雷场同"尝"音，乡里人做小买卖的集贸市场。

我在雷场这块热土上曾生活、学习了近二十年，熟悉那里的一草一木，她风土人情的点点滴滴常萦绕在思乡的路途。

雷场是典型的穷乡僻壤。在汉宜高铁没有在此设站之前，整个仙桃都没有一寸的铁轨线。雷场离318国道垂直距离近五公里，没有一条像样的公路与318国道连通。后因总部设在潜江县城西边的江汉油田因勘探、钻井需要，沿水渠边修建了一条从毛场到雷场的临时施工便道。那也算雷场通过318国道进出县城、省城的唯一乡间公路。由于便道因陋就简，没有考虑排水、抽水等老百姓的生活实际，使得沿途的老百姓出行十分不便。沿途的老百姓也因抽水排涝或给田地浇水，不时会挖断便道或在便道路面垒起排水的土埂，这样没过几天，好好的施工便道就又变得泥泞难行了。在一些较大的挖断处，油田人只有铺设些粗粗的钻井用的套管，才可让作业车辆勉强通行。如果是遇到雨后天晴，一路就会被重型工作车碾压得坑坑洼洼的，步行走在便道上，稍不小心就会被土圪垃绊倒，坐在车上，会被颠簸得头晕眼花，嘴里还会因颠得实在忍受不了而进出一两句标准的沔阳地方话："闯鬼啦，真难走"，"活罩业"等。

雷场紧邻汉江大堤，在公路运输十分不畅的年代，汉江上每天有趟轮船，但下游客站设在八公里远的丰口头，上游客站设在三公里远的横口，而雷场不设站，即使有段时间，因老百姓怨言多了，临时在雷场水深的地方靠过几次岸，但由于没有专门的船坞固定靠岸，也算是"三天打鱼，二天晒网"，应付过几天。没多久，由于水岸条件实在难以满足靠岸要求，轮船也就停运了。所以，雷场这地方，也倒真像战场上的"雷场",很少有陌生人往来,经济自然不发达,老百姓的日子过得紧紧巴巴的。

记得小时候,雷场这小集市,除早晨还有几个赶集、过早的外,再就是十多位守着篮子(卖菜的)、脚盆(卖鱼的)、挑篓(卖活禽、仔猪的)的小贩,此起彼伏的吆喝声还倒是不小。但一接近晌午,人就散得没有了踪影。

雷场,没有什么可供玩耍、娱乐的地方,加之那时,打麻将是要被抓的,无论老少,都喜欢在村东头的那面向着太阳的屋墙前消磨时光。

村东头屋墙向东十米开外,开挖了一条从小河(相对汉江这条大河而称的人工开挖的灌溉渠)引水浇地的支渠,限制了村民盖房向东边良田的发展,支渠以东就是全村人赖以生存的百亩良田。

良田里,一般是秋收后种麦,春季在麦地套种上棉花,麦子在夏初收割后,就为棉花除草、打药、理枝等,棉花在初冬收获完后,再种上麦子,这样棉花追着麦子,麦子追着棉花,不知过了多少年,也不知过了多少代,这适应农时的需要,也是老百姓一代一代祖传下来的。

站在村东头的墙边,自然也看得清楚,老百姓该干什么,不该干什么。瞧瞧东边庄稼地里的颜色,你也就知道这大概是什么季节了,用不着去翻黄历来验证。

村东头是一户普通人家盖的房子,但也不普通,因为他家房子的东墙被人刷得十分平整,用作墙报栏、宣传栏,也算是村里的公告栏。这村东头墙面的信息传播功能我打小就知道,就没弄清它是从什么时候开始的。只要有布告,我总要认真、仔细地看它很多遍,直到它变色或被风吹得剥落,看不清为止。站在这告示前,我从小就萌发了做律师的梦想。

无论村民离开村庄，还是回到村庄，都要经过那村东头的信息墙，也总是要不自觉地停下来，站在墙前看几分钟相关的信息，或者背靠墙，晒几分钟太阳。在村东头歇息一会儿成了出村人或进村人的必然，也属自然。所不同的是，近几年，墙面上多是些知名品牌的宣传广告和科学养殖的科普知识。年轻人大多外出打工了，老人们忙着照看孙辈或忙着自家农活。人们进出村口也是来去匆匆，再很少有人停在那儿歇息几分钟。

在冬天，村东头小渠两旁的树梢，成片的乌鸦"啊啊"叫个不停，但见不到一只喜鹊。冬天过后，总会见到成群的喜鹊。

村东头的公路旁总有老人、儿童与妇女在那里张望着，向东延伸的公路上，他们盼望着一个个熟悉的身影走出去，走回来。

每一个人的心里总装着不可言表的甜蜜。

向东流淌的村庄

——雷场的往事之三

村庄是祖祖辈辈聚居的地方，文化人赋予了村舍、村野、村落等不同的别称。而我所曾居住的村庄更像条奔腾不息的河，静静地在江汉平原的汉江边日夜不知疲倦地向东张望着、流淌着。

在我很小的时候，父辈曾说，我们村庄好多人家原来居住在汉江边的高坡上，或三五错落，或七八成舍，还有孤家独院的村墅，大都以江水为友，运输、贩卖从东边而来的日常生活用品，捕鱼捞虾。汉江虽亘古以来就有春秋两次洪汛，但我们的村庄与江为邻，却是相安无事。每当汉江发水时，往往离汉江越远的区域，受到洪涝灾害的影响就越大，缘于汉江的河床会在洪水对两岸摧枯拉朽的横扫中逐年抬升，自然江边村民的房屋台基也因此而一代代向上垒高。

每到汛期，南边湖区的大片良田、村舍就难免遭受水患。每到雨季，我们村庄的南面往往是一望无际的水面，洪水退却后，展现在眼前的除了纵横交错的人工河渠外，就是星罗棋布的各种数不尽的坑塘湖泊。光湖、平湖、洋湖、流沙湖、百亩湖，还有很多湖是叫不出名字的。难怪湖北素有千湖之省的美誉，并流传"沙湖沔阳洲，十年九不收；一年若有收，荒狗都不愁"这类褒贬掺半的童谣。

为了治理汉江的泛滥给两岸村民带来的水患，政府在 20 世纪 50 年代沿汉江两岸建起了宛若长城的汉江大堤，我们的村舍因此南迁，并集中建设，形成了一定规模的村庄。

人民公社时，我所在的村庄有四五十户人家，一字型坐北朝南，那时人口流动很少，谁家孩子赶集，或到远方亲戚家串门，或放学晚归，做父母的都会在村头张望，一望半晌，所以那时，谁家来了客人，谁家有人外出，全村老少都会清清楚楚的。村东头也自然成了村民喜事、丧事、故事、谣言、谎言或流言的发布、收集与传播中心。

后来，随着经济的发展，形成了求学离乡、应征离乡和打工外出的三股离乡潮，每年村庄的青壮年人几乎都会在春节前返乡，春节后离家，并流传出"三六九，向外走"的新谚语，留守在村庄里的都是些失去劳动能力的老弱病残、待产的孕妇和牙牙学语的幼童。不知是从哪一年开始，有人从村里向公路两旁搬迁了。大家在公路两旁建起了新的二层砖混结构的楼房，到镇里或县城的班车，随叫随停，谁也用不着到村东头去瞭望了。就这样，我曾经居住过的村庄开始没落，残败，只有零星的住户，散落其间，绝大多数只剩高台或荒芜的猪舍或没有填平的茅坑。这里曾经是村庄，现在也只能降格为村舍、村落或村野了。

搬到公路两旁后，有人开始经商，有了固定的摊位。时而会传来鸡鸣狗叫，或早餐叫卖的吆喝声，或修理机动车充气的哧哧声，或是修补鞋子的叮当声，早晨时而还会传来摆案卖肉、设点卖菜的与顾客斤斤计较的争吵声。村东头还有一户专门为乡亲们弹棉花的，安徽的师傅定居下来，成了常住户，每年都要为乡亲们弹上好几百床棉被，绝大多数是用作年轻人外出打工或寄给在城里居住的亲戚朋友。

我的老家盛产棉花，其花洁白，其绒奇长，盖在身上保暖、舒适，更是出门之人对父母、对家乡最好的念想。这样村东头也自然热闹非凡，那些留守在村庄里的人总会聚集在这儿听着弹奏棉花的节奏声，细数着对远在他乡亲人的思念与期盼。

我信步走到村东头于杨两家的台界边，看到了当年引发于嫂与杨嫂争吵的柳树。因杨家种的这棵柳树的枝丫伸到了于家的地头，于嫂就鼓动丈夫在夜深人静时拿着砍刀将那斜伸的枝丫砍断，从此引发了于杨两家多年的争争吵吵，好似结下了世代难以平息的恩怨情仇，经常上演公开的对骂，时而还发展到人身的攻击。于杨两家无聊的打骂时常引来村里老老少少的劝架或围观。后来，听说于杨两家竟然成了亲家。原来，杨家的二小子每次都会在两家对骂过后，邀约于家的三姑娘到村里的禾场麦堆旁赔礼道歉，以致两家人的叫骂声成了年轻人约会的信号，那种无聊的叫骂声也因此成就了一段传奇的婚姻。

联姻终于让村庄归于往日的平静。那棵歪斜着枝丫的柳树分明扮演了那个时代年轻人略显封建的媒人。而那位"媒人"现已悠闲地长

093

怀

乡

得有水桶那么粗，树冠已伸展得如球场那么宽大，特别是那被吹掉枝丫的一边长得尤其茂盛。

于杨两家已搬迁到县城居住数十年，一直舍不得砍伐那棵柳树，上面还有一个喜鹊巢是那样的显眼。喜鹊在已斜伸出半个篮球场的树丫上跳来飞去地叫个不停，好像在向我这个"老熟人"诉说着什么，柳树枝丫下的菜地长满了萋草、荆条。听说，于杨两家在县城做生意，于家的三姑娘尤其泼辣，思维也十分活络，生意做得红红火火的。

很多房屋被拆走后，台基与禾场相连，种植上了棉花、黄麻、苘麻等经济作物，还有的种上了花生或蔬菜，原来宽宽的、连成一体的禾场，现在只有一条勉强可通行的便道。走在这已荒芜的村落与房前禾场连接的便道上，犹如花园的小径，不同的是这儿没有城市花园的缘石、方格或鹅蛋石刻意修筑的路面，有的是泥泞或清晰的脚印，从没有被主人拔掉的树桩或荒草，或没有被月色抚平的沟埂，可以依稀看出混乱了的分界，凭着记忆，还是能分辨出哪是张家的，哪是李家的。那些小树、小苗或残存的树桩可以站出来公道地作个见证。走在这样的小路上还会偶尔见到牵牛而过的老伯，他们热情地与我打过招呼，并述说些村庄的往事与故事，边走边聊，能够听到强壮的牛身折断便道两旁庄稼的吱吱啦啦声，还夹杂着老牛脚踏泥地的咔咔嚓嚓声。顿然感觉这被历史荒芜了的村庄四周是出奇的宁静，很自然地就把我带入更深远的沉思与回味之间。

村庄是条流淌的河，老家是流动的船坞。我时常来也匆匆，去也匆匆。冬天过后有春天，春天总有希望萌发，总有新的生命诞生。每次回家看看，村庄里总会少了几张老面孔，多了几张新面孔，令人喜中掺着忧，忧里掺着乐。

走在流淌的村庄，会见到锅碗瓢盆因磕磕碰碰留下的历史碎片，见到柱梁门窗被时光侵蚀留下的腐朽残渣，还会见到烧秋炊火被现代文明来不及掩埋的碳痕。见到这样的碎片、残渣或碳痕，总会不自觉地弯下腰去探个究竟，好似发现了什么奇珍异宝，端详半晌，也舍不得遗弃。当无意中突然看到某个旮旯窝里被主人遗忘的树桩又盎盎然然地萌发出新芽嫩枝时，又会感到时光之永恒，历史之清新，事理之永隽。

村庄是条流不尽的河，虽会因历史的谬误或时空的错觉而匆忙改变航道，偏移方向，但她总是一如既往地向东流去，向东张望。因为，东边有太阳，东边有月色，东边有无限美好的希冀。

这就是老家，这就是祖祖辈辈繁衍生息的村庄。

励　志

弯道走来尽是坦途（上）

我是一名央企的法务专家，一家承担国家投资上千亿元人民币的重点建设项目公司的副总法律顾问，还是一名律师事务所的高级合伙人与法定负责人。曾代表受雇单位参加过几十宗涉外技术与关键设备引进的商务谈判，代理数百宗民商诉讼纠纷或刑事辩护案件，都为当事人赢得了满意的结果，在没有英文学习背景的情况下，出版了一本中英文的对照本的专著《涉外合同关键词导读与解析》。

这一切听起来很值得骄傲，但我并没有完美的履历，初始全日制学历只有中专。

我的专业背景是分析化学专业，职业是化验员。化验员是做什么的？简单点说，我通过自己的劳动能够告诉大家我们常喝的瓶装水含有什么物质，其组分是什么，各组分的含量是什么，精确到 PPM 级。

这又是什么概念？这些工作太微观了，与高深的宏观经济管理及律师职业根本就不搭边。可以说，学历、文凭常常成为自己一个十分扎心的问题，有时感触得到揪心的痛苦。

我是1978年的高考落榜生。这是我人生的第一个挫折。高中毕业后的第一份工作是农村集市餐馆的学徒，每天的工作就是制作豆腐和面食，从事餐饮业的所谓白案工作，像武汉热干面、葱花肉丝面，这些都是我的拿手面食。学徒自然要吃苦在先，一切重活、脏活、累活都抢着干。半年后，在我梦想成为一名优秀白案面点师时，做学徒的权利也被人莫名其妙地顶替了。虽然遭遇到了人生的第一次不公平待遇，但我没有向命运低头，毅然打起行囊，鼓足勇气重返高考大军，非常幸运地被一所恢复招生不久的中专学校录取了，我成了一名中专生。我一直都为自己毕业于这所中专而感到自豪。我也一直努力提升自己，为我的母校争荣光，为与我一样中专毕业的同年人争光。

从中专毕业后，我的第一份工作是中原一家国企从事水处理的司泵工，彼时是组织统一分配的工作，接着就轮岗做了污水处理操作工、化验技术员，再后来干了两年物资采购的计划员，负责重点项目建设的钢材、阀门、管配件及建材的管理，再后来，从事锅炉操作，净化水处理，动力车间主任，企业管理部经理，法务管理部经理，物资采购部副总经理、总经理，企业管理部总经理，法务事务部总经理，诉讼纠纷管理部经理，计划经营部主任经济师，人力资源部法务高级主管，物资装备部高级主管，信息化部高级主管，企业管理部专家，公司副总法律顾问。

从事过这么多职业，也跨过不少专业，我都很好地承担了下来，从没有抗拒与怨言。我觉得不懂就要学，我常常告诫自己："你就是一块砖，中专生嘛，就是一块砖，哪里需要就往哪里搬。"学习才能令人成长，越是学习，也就越会有触类旁通的悟性。各专业的工作履历，几乎让我成了一个涉足企业管理方方面面的全才，这些都归功于我有接受新挑战的胆量。每当我接到新的任务时，从来没有说"我不行"，总会告诉自己："我能，我行，我一定能，我一定行。"即使一窍不通，我都会先将工作应承下来，然后偷偷地学习，通过观察模仿周边干得好的人，慢慢掌握技术。就这样不断充实自己，干一行爱一行，爱一行就干好一行。

我47岁辞去了原来看上去很体面的工作，到海西一家具有外贸背景的央企工作。有一次，领导安排我审核一份全英文的工艺包技术引进合同，我当时就懵了。别说专业术语，就是普通的日常英文我也还没弄明白，但我没有退却，也没有说让领导花高薪去找翻译。伏案到电脑前，通过百度收集到了相关中英文双语合同模板数百种，我又利用所学习的EXCEL数据处理知识，以关键字的形式对别人的合同模板进行拆分、打乱，再归类、汇总与知识点的比较。不仅在一周内顺利完成合同审核的任务，审出了让美国的律师也竖大拇指的几个关键性问题，避免了几处潜在的法律风险，还通过进一步的法理分析，利用所掌握的"三脚猫"功夫，出版了中英文对照的专著。人的潜能是无限的，关键是你是否能够静得下心去做应该做的事。

我之所以高考落榜，是因为我曾是一位"逃学王"，用同学与老师当时批评我的话来讲，就是"三天打鱼，两天晒网的坏学生"。然而，逃学，纯粹是因家境贫寒，在逃学的时间里我要做三件大事：挑猪草，拾柴火，捡破烂。不要小看这三件微不足道的小事，这三件事让我学到了很多书本里没有的知识，也正是这三件事，让我的品格、悟性与价值观得到了很好的培养，能够经得起超强的压力。

先说说挑猪草吧。那时的农村，没有自留地，所有的土地都属于集体所有，地里都种属于集体的庄稼，你要挑到满意的猪草，一是要留意脚下，不能践踏庄稼，不能在挑猪草的过程中损坏庄稼，更不能把长势良好的庄稼当猪草挑回去。要抗拒庄稼对你的诱惑，无形中培养了自律能力。一是要懂得一些基本的植物知识，知道哪些是猪爱吃的，哪些是猪不爱吃的，甚至还要了解哪些是有毒的。这些知识不是书本里能够学到的。挑猪草不仅要够自家猪吃，还要挑些好的到集市上换些零花钱，你要有选择性地挑些鲜嫩，猪爱吃的，这样，第二天早晨才能卖个好价钱。还有，你要学会对猪草的整理、清洗与保鲜。第二天放在早晨的集市上，让人一看就知道你的猪草值你所报的那个价，愿意多出几毛钱买走它。

再说说拾柴火。捡拾柴火就是要到河堤与田埂边收割些杂草、干枯的荆芥，区别哪些是能够当柴烧的，哪些是能够弄回去喂养牲畜的。再就是拾些防洪林中的枯枝落叶回家作为烧柴。光在防洪林的树底下是不可能捡到像样的柴火的，我通常是先判断树上的哪些树枝已经干枯，然后像猴子一样地爬上去，看准一个适当的树丫站稳，用手努力够着一根看准的枯枝，猛跳过去通过自身的重量将其折断，同时又安全地落到地面而又不至于摔伤。这就需要很好的判断力和身体的平衡与协调能力。在拾柴火的过程中，不光要注意自身的安全防护，还要对周边的环境进行综合判断。选中的有枯枝的树下，地面不能有坑，也不能有带刺的杂草，同时还要时刻警惕不能破坏林木，否则防护员是要对你追责的。不止如此，还要眼观六路地防备树上、周边杂草中的马蜂窝，不小心被马蜂叮咬上了，那就算惹上了大麻烦。砍伐后留下的树桩、树根也在我捡拾的范围。那时候，我只有十来岁，体力上还不够强大，对于挖树根就不能蛮干，需要技巧，否则很难将一根扎根于地里的粗大的树桩弄出地面。树桩弄回家里，要用斧子劈成柴火，这个过程需要力量，更需要技巧。你要找到树根的纹理，顺着纹理劈开才能省时省力，柴形还更好看，否则就会一塌糊涂。可以说，劳动极大地锻炼了我的智商，开发了我的智力。

最后说说捡破烂，我认为这是最培养人的价值观的一项职业，拾破烂的人，他们称得上是世界上最伟大的价值工程师。之所以这样说，就在于他们能够在别人认为无用的东西里发现它的价值，通过独到的价值眼光分类、清理，让被丢弃的东西发挥它应有的作用，具有在煤渣堆里挑乌金的独到眼光。同时也防止了环境的污染，对人性进行了考验。走家串户地收破烂，肯定会看到别人房前屋后的不少好东西，但要守住本心，抑制贪欲，否则就真的成了人人喊打的贼。有时，可以用钱或者一些日用的小东西去换些村民们早已收拾好的破烂，评估那些破烂的升值空间，对我的良心与心算能力也是一个极大的考验。

穷人的孩子早当家。这些看似不完美的经历，对于我的成长与进步是很有益的。在不断地努力中，日子过得一天比一天好，我加倍地珍惜美好时光，不断进取，任何困难、任何难关与那时的生活相比，都只能算是小巫见大巫。与学生时代相比，我更强大了，体力强大了，知识充裕了，所以感觉任何问题都会迎刃而解，也就不会有什么闯不过去的难关。即使有难关，也会因克服困难的惯性思维想办法去克服，去排除。

所以，虽然小学、初中，乃至高中时期的逃学，荒废了一些学业，但培养了自己的理解能力与实践能力，极大地开发了我的智力，培养了健全的人格，为我日后的自学能力与钻研精神打下了坚实的基础。它是我丰富的阅历。

所以我要对出身寒门的学子说：感谢贫穷，路在自己的脚下。贫穷会让你过早地成熟，会让你对创造价值的认识非同凡响。贫穷也会让你早早地感觉到生你养你的父母的伟大与勤劳。

弯道走来尽是坦途（下）

贫穷不是畏惧困难的理由，相反，有时贫穷是前进的动力。参加工作后，工作岗位也在不断地变换，我需要不断地充实自己，该学习的年纪，没有安心坐在课堂上听老师讲课。出来混，迟早是要还的，在我身上总会有所验证。

参加了工作，业余时间能够归自己支配，学习倒显得非常理所应当，与"逃学王"形成了鲜明的反差，只争朝夕不只是一句空话，是发自内心的内疚、冲动与情感的弥补。为了适应新的工作，将失去的追赶上来，我先后参加并完成了锅炉应用专业的大专课程的函授学习考试，参加了法律专科、本科的自学考试，参加了经济管理专业本科的自学考试。为了办好一宗环境污染案，系统地学习了水产养殖专业的课程，因此赢得了案件，后来为了办好案件，为了一个个案件的胜诉，我系统地学习了注册会计师的考试资料、造价工程师的考试资料、医学资质考试资料、心理咨询师考试资料、证券投资分析师的考试资料，我通过了律师资格考试、法律顾问师的考试、经济师资格考试、证券投资分析师资格考试，系统地学习了相关专业的知识，也提升了自己，为此做了近千万字的读书笔记，获得省部级 QC 成果奖，现代化管理成果一二等奖十多项，发表论文几十篇，创作诗歌数百首、散文上百篇，出版法律、经济管理及投资方面的专著八部，我笔耕不辍，探索不息。曾被评为省自学成才奖，第五届全国法律援助先进个人。这一切无不归于对知识的追求，对事业的求真务实。

毫无疑问，当人力资源工程师知道了我的这些努力，知道了我的特殊价值观，可想他们不会觉得我不是正能量的有用之才。没有人不会认为，这不是一般的学霸，无可挑剔。我都为我的自我肯定感到羞愧。

有职业人力资源工程师评价我属于那种拳击手型的优秀职员，具有抗跌打能力，能够独当一面，具有较强的抗压能力。这样的人不会与领导斤斤计较，也不会刻意去巴结领导，是容易被低估的潜力股，具有一鸣惊人的爆发力。

有些人就乐于挑战困难，不断对自己出新的要求，当工作不再有挑战就会跳槽，寻找新的目标，将一项独立的工作交给这样的人，一项需要创造力的工作，那一定会不负众望。有些人比领导想象的还要优秀，在关键的时候能够顶得上去，能够将困难克服，最终也会谋个不错的职位。所以一些资深的人力资源经理招人就喜欢那些背景复杂、经历异常的怪才。

我在人力资源部做法务专家时，有一位人力资源曾对我说：放眼身边，那些没经历过职场动荡的人，都无比脆弱，只能做些重复性的工作。反倒是，挫折不断的人，往往能勇往直前，担当大任。这些人才能称得上"见过世面"。

"见过世面"就是见识过很多东西或者经历过很多事情的人。这种见过世面的人骨子里就必定有一种从容不迫的特质！网上曾经对什么算是见过大世面做过相关解释，大概意思即会讲究，能将就，能享受最好的，也能承受最坏的。见世面就是走南闯北，见天地，见众生，最终是为了去待见自己。因为什么都见过所以更能知道什么是自己想要的！时刻都会有所追求，而总感到时光匆匆。

我最大的挫折是在中专毕业前夜，我被检查出了不宜分配的重大疾病。我被要求休学一年。但我没有自暴自弃，而是利用在治病的阶段，博览群书，激发自己的写作热情，时光可负我，我绝不负时光，如果眼看着时光负我而流，那才是最大的悲哀。以后我遇到不公平的对待，遇到挫折，遇到烦恼的事，总拿战胜疾病的意志来比较，激发自己战胜困难、消除异常的心理落差，尽快调整到正常的心理状态。

挫折有时候也是一剂苦口的良药。挫折能让人更好地感受患难见真情的道理。在我最痛苦、最消沉的时期，我认识了一位护士，她是一位刚上班没几年的知心大姐，在我住院阶段，经常陪我聊天，谈论文学，让我重拾战胜疾病、战胜自卑的信心，我出院回到老家后，每月都能收到她按时寄来的《诗刊》杂志。收到她从远方寄来的杂志，是一种由衷的幸福，这样持续了几年，直到我们所在单位周边有了邮政局。我也因此对文学有了兴趣，写作能力迅猛提升，让我受益匪浅。

说起见过世面的人，我的感觉，他们都有这么两个特点：不容易患得患失，还总能出奇制胜。说一个特别有感触的事儿，一位知己给我讲的。他在一家外资企业工作，一年前，他们公司来了一个九零后的小姑娘，年纪轻轻，背景却特别复杂，在各种公司工作过，还在水产商店帮别人贩卖过鱼虾，和他们公司一贯的高大上格格不入。

起初，没人看得上这个不起眼的小姑娘。可后来，发生了几件事，让不少人都对她另眼相看。

第一件事是年初，公司的产品卖不出去，老板给各部门制订了一个不大不小的裁员计划，每个部门分期分批进行，没人知道，老板最后到底想留几个。朋友说，办公室里人心惶惶，唯有这个小姑娘稳如泰山。朋友问她怎么这么稳，她咧嘴一笑，这有什么大惊小怪的。

还有一件事，她违规去与另一家有产品竞争的公司搞联销，这下大家都为她捏把汗，以为她要完蛋了，可她把所有剩余产品都销售出去了，帮助老板解了围，竟然被破格提拔到了营销部总经理的岗位。她就有一股蛮劲与韧性，不是一般人所能拥有的。

老板说了一句话，所有人都懂了：看人的时候，不能只看过程与流程，更主要的还是要看结果，看给公司带来的影响力。这就好比出海，能够单独撑起小舢板的舵手才是真正的航海家。

可怕的是，看着成堆的成品不去分析问题，不找销售的渠道，不改进产品结构，不去与客户沟通，如果领导一批评，分分钟甩手不干，没有一点抗压力。可是这位小姑娘，有过无数次的跳槽经历，也有过被拒许多次的痛苦，因此她就会有职业求生欲望，不愿意再次被市场抛弃，而一心想着把产品销售出去才是王道。她称得上我的偶像。是很多挫折与养成的韧性成就了她的不一般的事业与人生。

其实，我们生活和工作的情况与那位小姑娘相比，不知好多少，唯一缺少的就是改变。不管你愿不愿意，不管你是成功者还是失败者，困难和挫折都会找到你。所以，经历多少困难与能不能成功没有什么关系，关键在于成功的人善于改变，而平凡的人害怕丁点儿的变化。

正如我们平时教育子女一样：小时候没吃过苦的孩子，长大后不会过得太好。温室里培养不出花朵，也结不出有营养的好果实。我以为，这句话用来教育自己也很合适，年轻时吃过苦，一定是后半生少走很多弯路的福音。

我就得了这样的福音，所以我一点也不责怪我的父母无能，对我的父母只有感恩之心。虽然那时贫穷，他们有时连让我吃饱饭的能力都没有，但他们给了我一个超级正常与健康的人格生命体。

我们不要认为自己出身不好，或家是农村的，就特别丢人似的，相反，有农村的生活经历是一种福音，是一种价值观，是人生观形成的良好基础。也不要觉得自己的学校不好，专业不好，简历不美，或者自己的长相不好，甚至对着镜子总觉得有点寒碜，总之，自暴自弃才是最没有出息的蠢材。

然而，生活里，真就有活不下去的。没考上名校，没能走进公务员的队伍，没能成长在外资企业的白领，不小心被裁员，运气差被排挤，甚至患上了难以治愈的重大疾病，分分钟就能跌入谷底。好像一步走错了，以后就没路了。按照现在流行的话说，就是抗挫折的能力低，甚至发展到流浪街头也不愿意去就业，整天窝在家里怨声载道，最终无颜见江东父老而客死他乡。

百炼成钢是有道理的，好的钢需要锻工不断地敲打，需要反复地回炉、淬火、沾火，才能具有较好的弹性与韧性，才能用在刀刃上。

俗话说"十年树木，百年树人"这是学校的育人理念。而对于私家来讲，正好相反，应是"十年树人，百年树木"。也就是说对什么你一窍不通，只要你看准方向，想去有所建树，刻苦十年，励志十年，你都会成为某一行道的行家，成为优秀的专业人才。

有一位资深人力资源说：人这辈子，有很多商需要在线，情商、智商、学商、商商，可唯独挫商，没有它，你就真的活不下去，因为人这辈子，无论贫富贵贱，谁也躲不掉的一件事儿，就是喝凉水都有塞牙的时候。如果你振作不起来，就只能一辈子待在谷底了。

可偏偏全世界人都在用各种形式教育你怎么去成功，没人告诉你如何应对失败，如何去面对挫折。我特别地骄傲，我是一名自学成才的人，出生于贫穷的农家，一名有责任心的中专生。我骄傲地告诉大家，我是通过自学考试取得成功的人，能担大任的人！

自学成才的人，这是一个庞大的群体，他们都特别优秀，他们的能力与诸多名校的优秀毕业生不相上下，难分伯仲。说了这么多，其实只想表达一点，弯道走来尽是坦途，那有过一定弯道成功超车的经历，让他具有了把握一切路况的实践经验和用智慧积累下来勇于向前的信心，那才是最厉害的人物。

善意的"谎言"，带我收获了梦想

"谎言"有时是美丽的。如果说谎的人更多的是出于无奈与善意，而生怕对方知道了真相后陷入难以承受的痛苦之中；如果说谎的人没有害人的邪念，而这种谎言又不是居心叵测的欺骗，适度地，合理地对亲人和朋友撒一些小谎，该等善意的谎言即等同于理解、尊重和宽容！

说句谎话就脸红的我，也曾经给父母撒过一个弥天大谎，每每想起，多少有些内疚，有时也因此而让自己学会分担，逐渐走向了成熟而倍感自豪。

记得1981年6月，刚做完毕业设计，等待工作分配的前夕，我在学校组织的健康体检中被查出患有不宜分配的重大疾病，需要住院治疗，根据当时的政策，班主任通知要求我休学一年。

谁知"屋漏又逢连夜雨"，正在我六神无主，心里痛苦到极致时，务农的兄长以为我已经正常毕业分配参加了工作，来信说家庭十分困难，且他因患病住进了医院，急需我寄钱去治病。父母及兄长他们也不可能料到那时我也同样患了重病，失去了生活来源，加之又要补充营养，我哪有钱去支助父母。真不知道如何向父母说清缘由，我也为父母的苦难而纠结，因为对于一个家庭来讲，如果两个正当开始自食其力的儿子同时躺在了医院，对于父母来讲那是一个多么大的打击，加之父亲长年患病，家里已债台高垒，为了不让柔弱的母亲过于劳心，于是我给兄长回信说，我因不愿意被安排到边远地区，而拒绝了学校的分配，目前正在学校等待分配。等我分配后，一定帮助兄长渡过难关。兄长与父母得到我的回信后，又复信给我痛骂一顿，母亲特别嘱咐让我一定要听从学校安排，并说好儿郎志在四方，不要怕到艰苦的地方去，而我接到来信后，也只能捂着被子痛哭几场。

现在看来，善意的谎言让人找到了用笑脸去面对困难的理由；善意的谎言，让人找到了为亲人分担、承载痛苦的方式；善意的谎言，体现了说谎者的情感细腻和思索的火花，促使人坚毅、执着，在分担中以苦为乐，最终战胜困难，逐渐使自己走向成熟。

"谎言"这是一个充满了欺骗与邪恶的字眼，通常会让人产生憎恶。现在看来，在我的心里，"谎言"又有着另一全新的诠释。

值得一提的是，根据当时的政策，由于休学只能回原地治疗，我只好硬着头皮到学校的定点医院找了位医生，向医生诉说了苦衷，他在床位十分紧张的情况下，为我办理了住院手续，后来主管学生会的一位李老师听说我家的情况后，开绿灯为我签单，同意到市区的定点医院住院治疗，并为我申办了每月由学校发放的15元的特困补助，以解当时的燃眉之急。

在住院期间，一位护士大姐成了我的诗友，她每月赠送我一份《诗刊》杂志，并利用休班之余陪我到避暑山庄散步谈心，鼓励我提升战胜疾病的信心，并辅导我写诗吟诵，打发时光，以消除心中的病痛。我参加工作后一年多，每月都还有按时收到她寄来的《诗刊》，直到我告诉她已在工作所在地的邮局预订上了《诗刊》，她才不再邮寄。还有，住在同一病区的一位服装厂的女工，看我穿着一双单薄的布鞋，还特意拖着沉重的步伐，到承德百货商店为我买了一双崭新的棉鞋，让我在医院熬过了北方的那个漫长的严冬。那也算我人生中遭遇的最寒冷、最难熬的一个严冬。

十多年后，我特地从近两千公里的工作所在地到母校去看望和答谢了医生和护士，是他们在最困难的时期给了我帮助，至今让我难以忘怀。而那位为人善良的李老师，听说她后来调到了华北的一所学校，没有机会当面致谢，而我无时不在心中为她的健康祈祷。

我专程从医院打探到那位病友住址，去看望她时，她丈夫告诉我，她因医治无效而在我离开医院后不到一年就病故了，听到这一噩耗，宛如一枝绚丽的丁香花在我的眼前瞬间飘落，又如眩晕的星光在我的眼前不停地闪烁，我的泪水似如泉涌，久久难以抑制。她的名字虽已不能完全记起，但她的笑容，如同素洁的玉兰花一样永远圣洁，常在我心间萦回，永不会凋零。

或许，至今让我难忘或心中愧疚的是我的一位高中同学，她的名字叫张宝安，记得我将要毕业的那一年，在回家探亲时，因家庭窘迫，我俩无意在丰口头轧花厂相见，虽然那时还并不熟悉，在学校都没有过任何交往，但当她知道我们是耀新中学的同学并从另一同学口中得知我当时经济十分紧张时，将手中仅有的几十元钱交给了我，我感动万分，想到毕业后，一定无愧于她。然而，当我返校后不久，就因病住进了医院，没能如期毕业，最后不得不休学一年，自然无颜见到她，那时也不像现在交流方便，虽一直打听她的联系方式，但总没有消息。可以说，对于她，我连撤谎的勇气都没有。

那个时期，可以说是我一生中最痛苦，最艰难的时期，也是我人生逐渐走向成熟的时期。在撒谎与住院治疗的那段时间，时常独自到附近的一个公园散步，到稍远的烈士陵园缅怀，到一个未知的河边疯言痴语，抒发忧愁，感叹人生。不断努力调整心态，并注意加强锻炼，也正是在那时，我对文学产生了兴趣，开始如饥似渴地吸吮名家名著、天文地理、哲学逻辑、名人趣事、科学幻想，如同海绵遇到清水。也正是在那时，开始冷静地思考人生，开始用另外的眼光考量社会，也使我渐渐养成了乐观看待事物的心态。

在这世上没有走不过的坎，关键是你如何将坎去粉碎或消除，但你还要思考的是，也许这个坎与你有缘，用不着生气，留着这个怪怪的坎，兴许哪天休闲时当个杌子坐坐，望望月亮，望望太阳，望望含苞待放的鲜花，望望绿色的田野与森林，望望欢声笑语的儿童，多多分担与承载，让自己的心归于宁静，才有精力与时间去放飞梦想，去收获梦想。

有乐观的心态会让你感觉到这个世上没有跨不过的坎。无论什么时候，遇到困难或挫折，一定要告诫自己注意调整心态，相信团队的力量，相信朋友，相信亲人，学会分担，学会把坏事变好事，把好事办好。

人生的旅途中，学会善意地撒谎，比直白地伤害，会更令人走向成熟。面对难以克服的困难，或许对于亲人、朋友、同学连撒谎的勇气都没有，只有默默地充实自己，让自己的心灵变得强大起来，这才是人生最大的伟绩。

逐细波而不染污的浮萍

老家的屋后有两汪荷塘，一汪称为东荷塘，自然另一汪称为西荷塘。

东荷塘与西荷塘的形状、大小都差不多，不同的是西荷塘的浮萍瘦小，泛着红，有种无精打采的样子，而东荷塘的浮萍比较肥硕，泛着青绿，微风一吹，好似带着些许的微笑，看着就讨人喜欢。

村里打浮萍回家作猪草的娃们，自然光顾东荷塘的时候要多些，偶尔在东荷塘边的浮萍被捞光后也到西荷塘去捞些瘦小的浮萍回家。

荷塘呈不规则的长方条，与汉江大堤平行。站在汉江大堤的最高处，你看到两汪荷塘时，自然会有汉江大堤的堤身取材于荷塘的联想。有了汉江大堤，才有荷塘，或者说有了荷塘，才成就了汉江大堤。根本说不清是先有大堤还是先有荷塘的这一烦人的哲学问题。

当然，这儿原本没有汉江大堤，也自然没有荷塘。只是为了征服汉江给两岸人民带来的水患，民众才修筑起了蜿蜒的汉江大堤。在筑堤的过程中，就地取土留下了无数处低洼的水坑。

"物竞天择，适者生存"。我家村后的那两汪水坑，慢慢长出了浮萍、水草等一些不知名的水生动植物。后来，不知是哪位好事者随手丢下几只藕节，某个月色的夜晚或阳光初照的清晨，水面竟然冒出了尖尖的荷，又不知过了多少春夏，水坑就挤满了高低不平，绿绿葱葱的荷叶了，偶尔会有娃们下到水塘摘几棵荷叶回家给老妈妈用来密封咸菜坛子，或用作防止日间暴晒于阳光的豆瓣酱坛晚间滴入雨水的遮挡，或作为顽童烈日下玩耍的遮伞，或采摘几枝莲蓬供弟弟妹妹们分享、品尝。为了说清娃们嬉戏在哪里，从此，村里的老奶奶们给那两洼低洼的水塘取了个好记忆的名字：东荷塘与西荷塘。

在农村，似乎有水的地方，都会有浮萍，没有人刻意去播种与栽培，但只要一遇下雨天，浮萍就会随风、随积雨汇成的细小涓流，漂流到任何低洼处——能够存水的地方，到了那里，浮萍会充分吸收水分、充分享受阳光，不断地繁殖，拼命地生长，即使在污秽的臭水坑，都会泛出碧绿，都会展示生命的完美。

似乎哪里有水，哪里就是浮萍的家；哪里成了浮萍的家，它们都能快乐地生长。显然，浮萍先于荷在荷塘安了家是不可置疑的事实，但村里的老奶奶们并没有以浮萍来命名那两洼水不起眼的水坑。

生长在荷塘的浮萍应算幸运，因为夏季的荷叶能够为它们遮掩阳光的暴晒，长得自然青绿、诱人，但没有人会知道浮萍是天然的清洁工，为荷塘清洁水体，让荷才得以健康地向上生长。

每年年底，生产队里的社员们会将荷塘的水抽干，那些浮萍自然会一粒粒被抽到空旷的田野，似有惊吓得魂飞魄散的感慨。娃们都喜欢看大人在东荷塘收获鱼虾，采挖莲菜，很少有聚集在西荷塘的。因为，不知什么原因，东荷塘的鱼又多又肥又大，品种还齐全，东荷塘的莲也是又粗又白，而西荷塘的莲不但细小，而且还长着很多橘红色的花纹结，似乎给人天然地缺少营养的感觉，但也能体现出生命的顽强。西荷塘每年收获的都是些小鱼小虾。这是否与东荷塘的浮萍比西荷塘的浮萍长得旺盛有关呢？没有科学家去考证过，我也没有精力或责任去研究它，人们收获的时候自然也不会去想这么多。而我坚信，年初同样放养的鱼苗，西荷塘的鱼会有选择地沿着连通两洼荷塘的水管，或乘着夏季的豪雨飞到东荷塘去享受东荷塘葱绿的浮萍。这之间必然会有某种联系或道理。后来才弄清楚，从河渠里抽来的水是先通过东荷塘的，自然流淌的塘水能够令鱼儿、草儿兴奋不已，长得也就苗壮。

我很喜欢浮萍，近乎钟爱。但诗人们对浮萍往往是持不屑一顾的态度，甚至近乎鄙薄。是因为浮萍没有荷那得以炫耀的绿伞，还是没有那娇艳的荷花和硕果饱满的莲蓬呢？还只是因为它微弱之躯不足以引起诗人的注意，难以让人产生激情或灵感？可我曾在荷塘，细致地看过这小小的草儿，就那么三两片小小的绿叶，相形之下，几缕细若游丝的细根，就构成了生命的辉煌。任由风吹、雨急、浪涌将它推来翻去，纵然是随波逐流，任凭腥风血雨之捉弄，但自始分得清浊流与清水，在游荡的生存环境下，细若游丝的根系积极地汲取着养分，营造出小伞般的叶，或绿，或碧绿，或发红，给农家娃娃无际的希望与满足的精神令人叫绝。

荷塘宽宽的荷叶轻盈柔美，注定也是诗人痴狂的波澜。掠过情感的肆虐不再坚守那份执着。曾经漂泊，曾经秀绿，这就是处处荷塘处处碧绿的浮萍。浮萍热爱生命，喜秀葱绿，常怀点缀水的世界与水的梦境之心机，更有落泊污秽而无悔恨的情愫。虽不能凭弱小之躯改变生活的环境，但对生的渴望永无止境。虽无力去绽放一朵鲜艳的小花与荷花相媲美，也不能结一粒硕大果实与莲蓬一争高下，但它默默地、极努力地秀出那一叶绿，一代又一代生命不息，繁衍无止。

让人不解的是，好像这"浮"势必多与"轻薄""浮漂"一类相联想。因此，除非是打猪草的娃们，玩弄文墨之人一般都不会喜欢浮萍。浮萍与荷生长在同样的环境，就有人发出了"予独爱莲之出淤泥而不染，濯清涟而不妖"的溢美，这是赋予荷的，而不是浮萍。

细下心来，掩去私欲与杂念，浮萍让你联想到很多独特的品性：

从不责怪出身的低微，从没埋怨环境的恶劣，给一汪清水，就成就一片碧绿。

从来都不知道如何去排斥同伴。同呼吸，共命运，相互支撑，相互依托，只为满塘的碧绿，没有先后，不分尊卑，更没有相互的扼杀与毒害。

从不选择自我的展示，融入一团，分不清我，分不清你，相聚在一起，共同分享水分，享有阳光。

我独爱浮萍具有"浮于污浊而自洁，逐细波而不落俗"的高尚胸襟。

清晨的荷塘，哪来的月色

记忆中，每到四五月份，家里的陈粮见了缸底，生产队地里的粮食还泛着青。望着缸底和发青的田野、自然，生产队里的社员和他们养育的子女和需要赡养的老人心底里都发着慌。

我时常在这心底里发慌的清晨光顾汉江边的荷塘。从毫无规则的形状来看，荷塘是堆建汉江大堤取土留下的低洼之处。荷塘里，多是积雪融化后的雪水或汉江大堤冲刷下来的雨水及从汉江里取来浇灌稻田的江水。当然，你是分不清雪水、雨水或江水的。父辈分不清，我也分不清。久而久之，不知是哪一年突然有尖尖的荷叶从那低洼处冒出，自然就被乡里乡亲地叫成了荷塘。

荷塘分为东西两汪，西汪的如何？而东汪的稍宽、稍长，荷叶自然也旺盛。两汪荷塘粗略看与汉江大堤相平行，蜿蜒曲折，如两条汪汪的眯着的眼睛，又如黑黑的点缀的两条眉宇。中间是村里通往汉江大堤的小路和浇灌荷塘与汉江大堤间十多亩稻田的引水槽。

我家的老屋是坐北朝南的，而汉江大堤及那两汪荷塘就坐落在老屋的北面，我家距荷塘约莫一二里的路程。常在人们都还在睡梦中的时候，我已借着晨曦独自从后门的小路出发了，不是去独享那里的静谧，也不是"将双手背在背后，踱着方步，在荷塘边，静静地一个人思来想去地揣摸着不一样的人生"。

早晨，太阳还没有出来，东方泛着鱼肚白，通往荷塘的小路上，小草的叶梢上有一些露珠，一不小心就会让你的脚板、脚跟或小腿有一丝丝的凉意。或许你还会担心是否有水蛭、蚯蚓、蜗牛、小蛇之类的小动物爬上你的脚背，最让人沮丧或尴尬的是脚尖碰到了被水牛踩过的烂泥坑或被一群屎壳郎尽情享受着的牛粪堆。

赤脚光臂，不是农家孩子的偏爱，但可算得上是那小路的独享。这路也一样，它属于农家的小路，自然没有人来规划，没有建筑师来设计，犹如农家孩儿的成长，往往是"无心插柳柳成荫"。

从我家的后门到荷塘的路不是一条曲折的小煤屑路，而是无数代父辈、乡邻、过客与赶的畜生走得多了，自然形成的一条不规则的泥泞乡间小道。说它是路，因为它是通往荷塘、汉江大堤与汉江沙滩和那数十亩稻田的必经之地，任何人都别无选择。就如你选择投胎到了农家一样，注定就要饱受农家的辛酸与苦难。你要跳出农门，就要比城里孩子抛洒更多的汗水，付出更多的辛酸，而怨言与牢骚起不了任何作用。说它不是路，因为它并没有缘石、柏油或水泥，哪怕是用些砖屑或碎石撒一下也不会让你只能光着脚板前行。一到雨季，走在这样的小路上，你的裤边一定要多卷几圈，小心地踮着赤脚前行，否则，就要担心被溅一身烂泥，让人心疼不已。

通往荷塘的路，夜晚很少有人走，清晨有我相伴，倒不显得寂寞。也算是这乡间小路月色孤独后应享有的福分罢。走在通往荷塘的小路上，我时常盯着路边的水沟，总希望能见到青蛙，或喝露水还没来得及滑进水里的黄鳝或泥鳅之类可供食用的小动物，不用说，想着的必然是那含有高蛋白的可食之躯。保护动物，保护动物的生存权，那时没有在我的脑海里萦回过，父辈也没有这样的情怀让我早早地知晓。在那小路上，哪怕是很小的一只小泥鳅被我偶遇，也会让我兴奋不已，停顿下来，小心地，生怕惊吓似的，熟巧地用鳅叉将它捉进随身携带的打着无数补丁的布袋。

荷塘的四周，远远近近，高高低低都是田垅或称为塘埂。田垄上长着许多杂草，没有名，也不算茂盛，歪歪斜斜的。杂草将荷塘包围，那些低低洼洼好似水牛走过留下的沉重而杂乱的脚印也并不是为月光所留，而是为那些同样盼望偶遇小飞虫的青蛙所营造。偶也可见一些蜗牛在那杂草和桑树与玫瑰间爬来渡去，留下一道道白色的印痕。

荷塘的东北角，那田垄上有几株桑树，被水牛的生硬擦挤已倒向荷塘一边，低点的枝叶看似接近水面，能够从荷塘的水面看到它歪歪斜斜的倒影。桑树的近旁，还长着几堆扎在杂草中而开得鲜艳的刺玫瑰。

月色映照过的玫瑰开得尤其的鲜，尤其的艳，特别是下过细雨的清晨，而吸引我的只是那几棵歪歪斜斜的桑树，常常对玫瑰不屑一顾，每每我会径直走到桑树边，看看那些挂满枝头的桑葚熟了没，见到已经发着黑色或鲜红色的桑葚，就快步爬到枝头，连枝带叶地采摘下来。每每麻利地下到塘埂，只是用衣角稍微擦拭，就丢进口里。没来得及被唾液包裹，也没来得及品味到桑葚的原味，带着些许雨水或露水的桑葚，就被吞下肚去，感觉是格外的甜，格外的香。

桑葚比玫瑰值得我去采摘，我也没曾后悔，也没有对那些鲜艳的玫瑰抱有什么内疚之感，当初如此，现仍依旧。我生来就是实用主义，现实让我明白花前月下不能把自己的肚子填饱，那是最大的悲情，而虚伪总会裹着血腥，由不得你去费心地辨识。

在通往荷塘的路上，很少有行人。荷塘四周出奇的静，静得让一个半大的孩子会顿感毛骨悚然。独自行走在荷塘的田埂上，有时你会感到有一个索命的水鬼就藏在荷叶的下面，或在那桑树下，正盯着人似的，一只布谷鸟的突然鸣叫或刹然腾起，会让人倒出几身冷汗，还有稍远处的未名的号声让人产生莫名的惊恐，但为了几把桑葚，为了暂时解饥解馋，什么都顾不得了，哪管是水鬼，还是人鬼，只知道那桑葚是甜甜的，即使还有些苦涩，但你总感觉它是甜的。每当望着它，要吞咽下口时，它似乎还会向你露着甜甜的微笑。

说真的，那时，根本没有心思坐在静静的课堂上，听老师或前排长着长发的同学的高声吟诵："层层的叶子中间，零星地点缀着些白花，有袅娜地开着的，有羞涩地打着朵儿的；正如一粒粒的明珠，又如碧天里的星星，又如刚出浴的美人。""叶子底下是脉脉的流水，遮住了，不能见一些颜色；而叶子却更见风致了。"还没等下课铃响，我的心早已飞到了教室外，或许在那荷塘的四周，盯着荷塘静静的水面，搜索着莲蓬、菱角等与桑葚一样令人喜爱的味感，只是它们出现的时节有些差异而已。

我时常借故拉扯桌前同学的辫子，被老师赶出教室，而我就会慢慢地淡出老师的视野，再次光顾池塘。或许书本上的荷塘非眼中的荷塘，不同的时代，不同的年轮，哪能品出同样的雅趣，我也没有与古人或腐朽去分享的情操，我独爱眼前的池塘而不是那老师每每讲得唾沫四射的

《荷塘月色》。

在我的记忆里，我家后面的那两汪荷塘很深，每年的冬天，荷塘的淤泥或残叶都要被公社的社员挖出抛撒到远处的麦地或近处的稻田。据说那荷塘里取出的土肥沃，可使麦粒或稻粒饱满。村里的男男女女，老老少少，也时常担着水桶去荷塘取水，作为饮用或生活用水，那水清澈见底，能够见到鱼儿翔底，蜻蜓在水面的荷尖嬉戏。

30 年后，我又曾专门去过那荷塘，也是在一个清静的早晨，但那荷塘已没有了像婷婷的舞女的裙，也不见荷的残枝与败叶，那荷塘已被四周稻田流入的泥土所淤塞。低洼处，还点缀着不少绿里发红的浮萍，被微风吹得摇摇摆摆，好似四方讨寻那曾经的清水，又如找不到家的孤魂野鬼。那些长得十分茂盛的野草或荒篙也是东倒西歪的，着实让人心酸，更让人不可接受的是，总也望不到那几棵多远也能看得到的桑树，或许已被水牛擦挤进了塘底，或许被谁砍倒拖回家作了烧柴，而只有那几堆刺玫瑰照样在那里秀着鲜艳。

正是那几堆秀着鲜艳的刺玫瑰让人记忆起，那正是老家房屋与汉江大堤之间的荷塘，那汪让我时常逃学的荷塘。

这哪有《荷塘月色》之荷塘的静谧。我的心与双眼不禁潸然……

关于豆腐的人生往事

豆腐是中国的一种传统美食。豆腐能够烹调出无数的可口食物，当然豆腐也是一种经济、环保和绿色的食品。制作豆腐的人从不浪费丁点儿原料，即使泡过黄豆和压制豆腐挤出的水也可拿来制作可口的姜面条或逍遥胡辣汤。让人从豆腐的随想中获得无数的感悟。

俗话说："只有过剩的饭菜，没有过剩的豆腐。"说的是豆腐发黏了可以压制成豆干，豆干黏了可以制作卤干子，或干脆放置在烟道口，不几天就成了香熏干。而豆腐放置久了没来得及制作豆干，就让它自然陈腐、发酵，没几日就成了臭豆腐，稍作油炸，加点调味品，更是香甘可口，回味无穷。

记得一九七八年高考我名落孙山，被集市上的一家小国营饭店的经理看中，他见我活泼可爱，硬是要收我为徒，我因此做了三月有余的厨房学徒。那时，每天鸡叫头遍，就被师傅叫起来炸油条，贴火烧，打豆腐。对于白案几乎是无所不知，对豆腐的制作工艺，也甚是熟悉。

制作豆腐前要将洗好的黄豆用清水泡它一个对时，然后早起，赶着罩着双眼的小毛驴，拉着石磨将泡好的黄豆磨成豆浆，然后将豆浆与豆渣通过滤布分离。分离的豆浆被舀到一口大铁锅内用柴草烧到中间的泡沫开花（温度为 80 摄氏度左右），立马转入一个陶制水缸，慢慢均匀地点入水卤，并用一个干净的木勺子往一个方向搅拌，当豆浆开始出现絮状沉淀物，就用人工缝制的棉套将水缸包得严严实实的，让豆乳在恒温状态下静止沉淀，约莫半小时，一缸豆花就算制作成功了。接着就将豆花舀入木制的模板，在豆腐自然成型的过程中，再根据豆腐的含水情况适当加些配重的木块，让多余的水分自然受压溢出，豆腐就算制作成功了。当然，闲下来之后，师傅还要催促将分离出来的豆渣处理好。将豆渣手搓成型，放进麦秸做成的发酵床，几天后，一般是三到五天，具体时间要依照室温而定，让其周身长出厚厚的白色丝状霉菌，上好的豆渣干就算制作好了。

在学做豆腐的过程中，我算是位不守规矩之徒，背着师傅，试着用从汉江挑来的河水、饭店院中的井水和饭店旁边的池塘水分别浸泡黄豆，或化卤，或止沸。我得出用饭店旁的池塘水制作出的豆腐最是晶莹可口，真有"馨香异兰麝，色白如牛乳"之感。

凡是品尝过我制作的豆腐的人都乐意多买几块。我猜想，也许因为那池塘的水里吸收、沉淀了数年制作豆腐而流入的多余卤液，里面含有一种天然的腐卤成分，或者是一种能够促成豆腐成絮的未知真菌或微生物。不得不惊叹自然界的奇妙，我也立志想成为一名远近闻名的豆腐通。

真是事与愿违，六个月后，师傅通知我回家，不让我再来饭店。后来，我得知是生产队长张三与饭店经理达成了一个协议，约定由张三的堂侄到饭店替换我做学徒，饭店里的垃圾交由生产队，生产队每天给他的堂侄记六分的工分。也许这就是我刚成年时遇到的最大气愤与不平，但我没有任何责怪的语言，向师傅深深地鞠躬后收拾行李回家。师傅安慰我说："行行出状元，你这么机灵，何愁没前途。"

师傅的安慰让我深知事情已无回天之力。看来我这辈子不是豆腐通的料，也不能为周围的村民制作"一身清淡七分水，通体晶莹四面光"的可口豆腐了。

关于豆渣的往事

随着时代的发展，居民的生活水平有了较高的提升，各种现代化小家电的名目也多了起来，我家就购置了一台小型的豆浆机。在每次清洗豆浆机对那少得可怜的豆渣，是弃是留的纠结中，总勾起我对一段往事刻骨铭心的回味。

那是 20 世纪六七十年代，我国经济不是十分发达，农民都没有自留地可供耕作。农民吃的粮食都是由生产队统一按月定量分配，由于各生产队要按照规定指标上缴爱国粮，这样在每年的开春后，就会出现一些生产队分不下来粮食的情况，农村把那称作"青黄不接"。这种情况，生产队会向国家申请救济粮，国家会下拨一部分返销粮指标到各生产队，生产队再根据粮食分配原则发到各户手中。那老百姓可以拿到乡（镇）粮管所购粮的指标就称作支拨单。也就是说，各户凭支拨单可以到乡（镇）粮管所购买到粮食。我家由于老父亲长年病重，属于"家大口渴"之户，自然是生产队里的超支户、特困户。因此有时拿到支拨单，根本没有钱到粮店换成粮食，只有向大队申请特困户补助，而这又需要等待一段时间，有时一家人围坐在堂屋的饭桌四周，望着桌子上被一家人不知轮着看了多少遍的支拨单，急得直发愁。

很多次，看着全家人饿得实在想不出法子，老母亲就会悄悄去村后集市饮食店提一桶豆渣回来。晚上，老母亲会一个人围着围裙，戴着深色的头巾，在夜色中，守在柴灶前先用细火将豆渣烘烤干，因为只有经过烤干的豆渣才没有酸腥味，才能让人勉强下口。

这烘烤豆渣的过程急不得，属"慢工出细活"。火不能大，大了，会烧煳锅底，那烤好的豆渣会有一股难闻的熏烟味。火又不能小，小了，豆渣中的水分就不好蒸发，起不到烘烤的效果。只有一人守在灶前，多次少柴地细添，火才会均匀，豆渣才会烤得不焦不糊，口感也才相对好些。而每次少量多次向灶膛添柴时会冒出很浓的烟，一锅豆渣烘烤下来，又至少得两个小时。老母亲一直守在灶口，眼泪就会被熏得直往下流，有时也分不清是因为烟熏火燎，还是想起日子的苦难过得没有尊严。但老母亲在我们面前从没有流露过悲伤的情绪，总是乐观地面对、承受，相信好日子总会来到。由于经常烟熏火燎，或被柴草划伤，母亲的脸色黑了，皱纹多了，手上皲裂的伤口更宽了，生活的沉重使她比同龄人显得苍老许多。

为了让一家人能够咽得下去"饭"，母亲会到田野地头，采摘一些鲜嫩的刺芥回来，将烘烤好的豆渣与刺芥一起炒，这样，味道、口感稍微好点。有时她还会变着花样地放些地瓜叶、榆树皮、马齿苋、水芹等，初春，还有嫩嫩的柳叶。柳叶虽味苦，微涩，但总比那又苦又硬的榆树皮好咽点。将柳叶采摘回家，捋进盆里、筐里，然后烧一锅开水煮，煮好之后，又捞进凉水里泡上一两天，中间换三五次水，再攥干了剁碎。

由于豆渣不能久放，母亲会想方设法储存，防止豆渣变质。这样她就将豆渣烘干后，仔细地做成霉豆渣饼。花样还挺多的，有圆球形的，有鞋底形的，还有圆饼形的。无论形状如何改变，豆渣总改变不了豆渣味，但母亲还是执意变着法地做，很少重样。

豆渣吃多了让人肚腹产生胀气，还会有烧心感。盐放多了，光想喝水，越喝水，肚子越发胀，人也就越发感觉胀得难受；盐放少了，又没有味道，那"饭"又难咽。每次做豆渣饭时，老母亲总要品尝好几次，直到她感到满意才会大声吆喝着我们："吃饭啦。"

我家在吃豆渣饭时，总是选择在夜深人静的时候，不像很多散文作家所调侃的那样"端着满满的一碗饭，从村东头吃到村西头，有时还三五成群地蹲在树下东家长，西家短的"。我家吃饭不仅时间晚，而且还早早把大门关上。老母亲喊着："快吃饭啦。"左邻右舍的自然也瞅不见我家吃些什么，但老母亲的吆喝声又似乎有意识让左邻右舍听得清楚，他家今天没有饿着肚子哟。有时，小弟问母亲为什么要等到天黑才吃，为什么要关着门吃，老母亲说，咱可不能给社会主义抹黑哟。而小弟只是发呆地望着老母亲，年幼的他又如何理解其中的含义。

大哥是最烦吃豆渣的了，每次吃饭都会说，"又是豆渣呀"，小妹总接着说，"真不想吃这烂豆渣"，但他们每次又都不得不含着眼泪将碗里的豆渣吃得干干净净的，不留下丁点儿残渣。当我一听到他俩说"豆渣"二字，这胃里的酸水就直往外涌，好久不能平静，只好等他们都吃到最香时，才去端上饭碗，尽管难吃，也不得不往下咽，有时闭着眼睛，硬是往下吞。也许后来培养出来的毅力、耐性、吃苦的精神等都是从吃这豆渣开始养成的吧。

有段时间，老母亲叨唠说，就个烂豆渣，还供不应求，老板说需要预订，她不得不到几公里外的其他集市上去买。有好几次，老母亲把我叫上，说河滩上的柳叶都快被采摘光了，让我爬上树去帮她采摘些高处的。我爬过汉江大堤，看到数百亩的防洪林，那低矮处的柳树叶竟真的都被人采摘光了，只有高处的还是那样的葱绿。

看来，谁家都有本难念的经。大家都在默默地承受，时常饿肚子的并非只是我一家。我很少听到村里人愁吃愁穿的怨言，每天看到的大伯、大妈、叔叔、婶婶们个个都是笑容满面，一个个都是乐天派。

日子就这样匆忙而过。想如今，无论繁华的城市，还是偏远的农村，只要不是好吃懒做，或是染上了"嫖""赌""毒"的恶习，一般的家庭都不会为吃饭的事发愁了。

每次的回味、纠结之中，我总是将豆浆机留下的那丁点儿豆渣放进一个小碗，打上一两个鸡蛋，切点五花肉末，加点面粉搅拌均匀，并撒点葱花、姜末、红椒等作料，打开电磁炉灶和静音的抽油烟机，加上乘的花生油，将锅底烧热，把调制好的豆渣放进锅里，用小火慢慢烤到微软、金黄。真可谓色、香、味、形俱全。

每次，无论我如何用心烹调，都引不起食欲，一尝到那豆渣味，就有一种莫名的乏味，胃中的酸水直往外涌，对其他的食物也没有了味感，如同咀嚼着岁月的沧桑。

勿忘初心，方得始终
——我的入党故事

离中国共产党第九十五个生日不到一个月了，屈指数来，我投入党的怀抱已经二十周年了，值得纪念与庆贺。回想这二十多年的历程，感慨良多。

我是1982年7月1日从承德石油学校毕业，被分配到河南油田的一个年加工原油只有十万吨的小型炼油厂。历任技术员、助理工程师、车间副主任、车间主任、副科长、科长等职，一步一个脚印走到2007年8月，放弃了相对舒适的工作环境，毅然转身加入到闽南的一家央企组建的大炼油团队，因为我人生的梦想就是要亲手建设一个大型的石化炼油企业。到了新的工作岗位，虽然工作环境变化了，但入党的初心始终未变。对于一名受国企教育的员工来讲，能够在工作中入党、被提拔委以重任，当然是记忆最深刻的事了。

先说说我被提拔为车间副主任的经历，纯属偶然。

记得是1988年，我在南阳炼油厂的动力车间担任技术员。那是一个炎热的夏天，车间的一号锅炉正在抢修，处于烘炉阶段，而不巧的是，那天正在运转的二号锅炉也出现了过热汽爆管事故。炼油人都清楚，锅炉就是炼油厂的心脏，如果锅炉出了问题，一下子整个炼油厂将处于断汽停厂状态，对于一刻也离不开蒸汽的生产车间来讲，断汽就意味重质油管线、设备有随时被堵塞的危险。为了确保各生产装置有足够的蒸汽进行吹扫，二号锅炉只有被迫降压使用，"带病"坚持供汽，即使那样，也难以满足全厂的生产、停工用汽，急坏了主抓生产的副厂长与头发已花白的炼油总工程师。而一号锅炉的抢修虽然已完成，但正处于木柴的烘炉阶段。厂调度权衡利弊，要求动力车间尽快给一号锅炉点火升温。而当时一号锅炉炉膛内的木柴灰烬还没有清理，如果按照正常程序降温、清理，至少需要两天时间。那天我正好当班在现场，看到领导十分火急的样子，就毫不犹豫地请战参加炉膛的清理工作。不由分说，我就与时任车间主任一道，各穿了厚厚的工装，到水管旁将全身浇透，戴上安全帽，系上打湿的手巾与口罩，拿起一把铁锹就从安全人孔钻进了炉膛。当时的炉膛温度都在二百摄氏度以上，为了降温，主操加大了通风量，人进去后，为便于清理，就停开了通风机。我们的目标是清理还发着红光的余烬，为了防止高温下中暑，进去清理的人要每隔三五分钟就出来用自来水降温一次。那天正好主管生产的副厂长到锅炉旁督战，看到我们拼命三郎的样子，就安排人员到市场上紧急采购来了冰棒、冰块等降温物品放置在人孔旁。通过三十分钟与炽热的奋战，我们将所有余烬清理出炉膛，一号锅炉也很快投入正常使用，使处于吹扫、停工状态的生产车间相继恢复生产。那次一号锅炉恢复生产后不到一个月的时间，我的车间副主任的任命文件就传达了下来，算得上名副其实的火线提拔。后来才知道，那是主抓生产的副厂长，找到党委书记，说这样关键时候能够上得去的干部，没有不被提拔的理由。党委书记一听缘由，自然立马安排组织部门按照程序特事特办，为我的升迁铺平了道路。

如果说当时自己被组织提拔到领导干部岗位毫无心理准备的话，而不几年后申请加入中国共产党这个光荣的组织却是经过深思熟虑的。

那是 1993 年，我所在单位的物资供应站出现了受贿、贪污等窝案。一年时间，五位业务员先后被抓，或被判刑，或被行政、党纪处分。领导考虑到我取得了律师资格，又热爱学习，经过组织考察，主管领导提名，党委研究，安排我到物资供应站任副站长，主管业务工作。一同被安排去的还有书记大姐郭惠兰、供应站站长张道先。从生产车间安排到经营管理岗位，开始还有些不适应，感到前所未有的工作压力，但很快就调整了过来。通过整章建制、梳理业务流程，对员工开展普法教育，没多久在班子的团结努力下，一下子就转变了物资供应站的精神面貌，也提高了物资周转速度，极大地降低了采购费用和采购费率。因我工作的努力与贡献，一年后就转副为正，被任命为物资供应站的站长。

有一天，与我搭档的书记大姐郭惠兰，专门找我谈话，说：小雷，你业务能力强，思想觉悟高，是否应该考虑入党的事。

书记说：你看中层干部中只有你一位没有入党了！我风趣地说：有位党外人士监督你们不更好吗，工作不也照样努力开展。

书记说：你这想法不对，你现在是关键岗位，组织信任你，重用你，但你要有更高的追求，更高的思想，要积极向组织靠拢才对。我说：我考虑考虑吧。一思考，就是半年。私下里我还专门研究了党的历史，各个时期党培养的一些优秀共产党的先进事迹，以及身边一些老共产党的身体力行，从他们身上，我看到中国共产党的光荣与伟大，我终于鼓足勇气态度诚恳地向组织递交了一份字迹工整的入党申请书。

看了我的入党申请，书记大姐专门问了我对党的认识，我认真地回答了自己的感受，一是觉得自己对党的认识还不够深刻；二是与一些先进入物相比，自身离党的要求还很远，需要进一步锻炼，但我愿意接受组织的考验。书记大姐说，从我们搭档以来组织就一直关注你的成长，也很欣慰，你提交了入党申请，说明了你思想的变化和工作的努力，我愿意成为你的入党介绍人，希望你继续努力。1995 年 5 月，我光荣地成为一名中国共产党预备党员，我的入党介绍人是书记大姐郭惠兰。

现在我懂得了，"共产党员"不但是一个响亮的名号，也是一个至高的荣耀，更是一份崇高的责任。中石化河南油田南阳炼油厂的领导培养教育了我，使我成为一名光荣的共产党员，令我终身受益。一路走来，虽然没有什么轰轰烈烈的成绩，但也是兢兢业业圆满地完成了领导和上级交给的各项任务。

对于我来讲，如果说被提拔到领导干部岗位纯粹是偶然的，还有一点点机会主义的色彩，但我坦言，请求加入中国共产党这个光荣的组织是经过深思熟虑的。自己的经历虽然很平凡，但我觉得在平凡的工作岗位上，踏踏实实、兢兢业业、无怨无悔地做好自己的本职工作，无愧于组织的培养，无愧于组织的重托，是一名共产党员最基本的自我要求。

现在，我是闽南一家央企的法律顾问，我非常珍惜也非常热爱这项工作。2016 年我被评为第五届全国法律援助先进工作者。在工作中，我不仅时刻牢记一名共产党员就是一面旗帜，站在哪里就要在哪里影响一片人，带动一帮人，为党的事业努力奋斗，还要认真学习业务知识，追求卓越，不断提高自己的业务能力。在法律事务中，更要严格要求自己，时刻做到求真务实，坚决杜绝审核假的合同、假的法律文书，结合项目建设与生产经营实际，实实在在提供良好的法律服务，时刻把握做人做事的底线，永葆共产党员的光荣本色，时刻做到防腐拒贪，永不变色。

弘扬正气

洞

"洞"就是深穴，也可作透彻地、清楚地讲。有机会出差到深圳学习风险管理方面的知识，才对"洞"有了更深层次的理解。源于课后的散步中发现了一个打着"十九洞"的金色招牌。不解其意，甚是羞愧，忙不耻讨教于学友，始知其意。也就萌发了深入"洞穴"去探个究竟的冲动。

这十九洞原来是酒店的名称，一般与高尔夫球场相比邻。众所周知，高尔夫球场一般是十八洞。这十八洞源于苏格兰的威士忌。15世纪或更早以前的苏格兰地区山多，气候湿润、多雾，极适合牧草生长。那里在工业文明以前到处是广袤的牧场。相传，苏格兰当地的牧羊人放牧闲暇时，喜用木板玩游戏，将牧草上的石子击入兔子洞中，一则便于牧草的生长，有利于放牧，还可以此取乐，消磨时光。久而久之，或赌或乐，形成了使用不同的球杆并按一定方式、方法击球的规则。

冬季，苏格兰地区非常寒冷，牧羊人出去打球时总爱带一瓶烈性酒放在后口袋中，每次发球前先喝一小瓶盖酒。一瓶威士忌酒十八盎司，而每一瓶盖正好是一盎司。一个洞口一小杯，打完十八洞刚好喝光一瓶。酒喝完了，人也累了，正好收杆回家，而家也就自然成了牧羊人休息、生活，最具乐趣与幸福感的第十九洞。时间一长，很多人便认为打一场球必须打十八洞。所以标准的高尔夫球场就定为十八洞了。如果玩家打完一场高尔夫，还有充裕的精力，就到下榻的酒店去寻找第十九洞了，酒店就是客人的家，宾至如归嘛。而这"宾至如归，无宁灾患，不畏寇盗，而亦不患燥湿。"出自《左传·襄公三十一年》，其典真切，其意深长。

这十九洞到了国人眼里就有了多种隐含的解释。一种说法是众所周知的潜规则。这第二种说法是，高尔夫球场本是上流社会、精英阶层交往、沟通与吃喝玩乐的场所，更是权利、财富、美女、香车的集中营。高尔夫球场的管理大都实行年会制，入会少则十多万元，多则上百万元不等。打高尔夫球玩的是心跳，烧的是财富，搞的是派对，不是普通人可以消费得起和可以接受的，而实际的消费者是很少有自掏腰包买票入场的，其背后都是由相关利益者提前谋划的，那是身份与权势的象征，是利益输送、权力寻租、美女竞价的华丽包装。更另类的解释是，只有在十九洞里才能充分展示客人的交往能力、财富增值的能力与美女资源开发的原动力，也是善于把握机遇，为下步寻找理想人生坐标的良好时机。

也就是说，这十九洞能够让你权利更实惠，财富更增值，美貌更靓丽，也让你品位升格，找到比十八洞更大的乐趣与美景。

无论对这十九洞如何进行解释，我不可不信。说俗了，这十八洞的高尔夫，与农家小朋友玩的弹珠真还差不多。20世纪80年代前，乡村农家孩子最好也是最流行的玩具，那就是玻璃弹珠了。几个小朋友不约而同，相聚在一起，随便找个开阔的地方，随意挖几个小洞，划条起步的直线就可开战了。谁将弹珠从起步线弹出，以划拳论先后，再轮流而弹，机会均等，而谁最先弹入到最后一个洞，那么，其他小朋友参与游戏的弹珠就归他所有了，因为他是胜利者，愿赌服输，这是玩家永恒的规则，不服，继续开战，再来下一局。

如果地面干燥，洞口不好开挖，小朋友们会不约而同地掏出自己的小茶壶嘴，对着地面与标识的目标就美滋滋地痛快片刻，待会就近找些小树枝，不一会就折腾出几个像样的洞来。这是一种童趣，也是一种现代文明的里程。孩子们在争争吵吵，与彼此的相互了解中结下了深厚的情谊，演绎了无数"青梅竹马，两小无猜"的情感故事，谁也不记得曾几何时输多赢少，或赢多输少。这是少时难得的乐趣，也是今世永生的享有。

当然，生活在现代城市的小朋友就没这么幸运了。因为到处都是硬化的路面，哪有供小朋友掏出小茶壶嘴造出几个像样弹珠洞的原生态的土地呢。

这世上最大的洞，可能属天体的黑洞了。按照现代广义相对理论，宇宙空间内存在的一种超高质量天体，由于类似热力学上完全不反射光线的黑体，故名为黑洞。黑洞是因质量足够大的恒星在核聚变反应的燃料耗尽而"死亡"后，发生引力坍塌收缩产生的。黑洞的质量巨大，而体积却十分微小，它产生的引力场极为强劲，以致任何物质和辐射在进入到黑洞的一个事件视界（临界点）内，便再无力逃脱，就连传播速度最快的光（电磁波）也逃逸不出。这种高质量而产生的力量，使得任何靠近它的物体都会被它吸纳进去。

这世上最小的洞莫属蚁穴了。蚁穴虽小，却可毁大堤。先秦韩非《喻老》记载："蚁穴千丈之堤，以蝼蚁之穴溃；百尺之室，以突隙之烟焚。"这意思是说，很长的堤坝，因为小小蚁虫的啃噬，最后也会被摧毁。叫人不要小看自己所犯的错误，一点点小错的积累会使你的人生毁于一旦。比喻小事不注意会酿成大祸或造成严重的损失。而这一段话在现实生活中真有实证，说的是某一年，黄河岸畔有一片村庄，为了防止黄患，农民们筑起了巍峨的长堤。一天有个老农偶然发现蚂蚁窝一下子猛增了许多。老农心想这些蚂蚁窝究竟会不会影响长堤的安全呢？他便回村去报告，路上遇见了村长。村长听了不以为然说：那么坚固的长堤，还害怕几只小小蚂蚁吗？还把老农讥笑一通，老农也只好独自下田了。几天后，黄河上游洪水泛滥，黄河水道里的水猛涨起来，咆哮的河水从蚂蚁窝渗透出来，出现管涌，继而喷射，终于决堤，落得个田淹人亡，给后人留下了惨痛的教训。

当然，谈起洞来，出于职业的敏感，不得不谈管理中的漏洞。

一般来讲，现代化管理的工厂员工怠工，设备的"跑冒滴漏"是可以通过精益管理加以堵塞的，而一旦出现高层的贪腐受贿，决策失误，或企业出现几只里应外合，内外勾结的狡黠的杂毛兔或硕鼠，那就不是通过精细管理可以解决的问题了，因为该种漏洞往往是防不胜防的。

人类文明的长城怎能被贪腐的兔鼠之辈所吞咀，怎能被蚁穴所危害。"且欲防微杜渐，忧在未萌"，警钟长鸣！

天平的断想

衡器是计量器具的一个重要组成部分。过去人们称计量为"度量衡"。所谓度，是指用尺测量物体的长短，如直尺与卷尺；所谓量，是指用容器测量物体的体积，如斗与量筒；所谓衡，则是指测量物体重量，如杆秤和天平。

衡，应始于原始社会末期，史料记载距今已有四千多年的历史，当时出现了物品交换，但计量方法则是靠眼看手摸；而作为计量重量的器具——衡器，在我国最早出现于夏朝；春秋战国时期已掌握了杠杆原理，战国中期在楚中一带已广泛使用天平和砝码称量黄金，但在相当长的时期内计量标准并不统一，较为混乱，直到秦朝统一天下后，于秦始皇二十六年实行商鞅变法（公元前221年），才统一了度量衡标准。

由于度量衡的不统一，因此杆秤的秤星的数量也经过了很大的变迁。十两制之前为十六两制，在中华民族沿用了上千年。传说十六两制的来由是：伏羲大帝相约玉皇大帝，说这人世间总得要有个公平，左丞相"北斗七星"，右丞相"南斗六星"，天上十三星，地上"福""禄""寿"三星高照，正好十六星，一斤就定作十六两。在社会交易中公平合理，天地为证，白天太阳明示，晚上月亮看着，如果短两，天地不允。交易中少一两名曰"少福"，缺二两名曰"短禄"，短三两名曰"折寿"。

又有传说，我国秦朝统一之前，各国的钱币和度量衡的单位都不统一，各国商贾和百姓之间的交易并不方便。秦朝统一六国后，秦始皇下令统一度量衡，并交由李斯负责起草文件。当时度量的标准已经基本确定，唯独这"衡"还拿不定主意，于是去请教始皇帝。秦始皇于是提笔写下"天下公平"四个大字。臣子拿了四个大字百思不得其解。为防止皇帝怪罪，于是干脆把这四个字笔画一加，就成了"衡"的单位，一斤等于十六两，那么半斤就是八两，正好相等。

正所谓"半斤八两一样沉"。宋代释惟白诗《建中靖国续灯录》："踏着秤锤硬似铁，八两原来是半斤。"直到1949年中华人民共和国成立后，由于十六两制在计算的时候有些不方便，才改成现在的一斤等于十两。形容力量相等，主要用于两相比较的双方势力相等。

无论是天平，还是杆秤，都有公平的喻义。其使用与制造，或以国家法律颁布，或以皇帝御旨传告天下。

天平在法律中象征着"公平与正义"。然而在生活中天平同样是一种得与失，成功与失败，欢乐与痛苦持平的象征。在这个爱与被爱，欺骗与被欺骗，伤害与被伤害的世界里，命运，永远无法如你想象得那样容易驾驭。

当今社会，法院以天平作为其形象标志。但这只是一种理念。中国人对秤的理解不是以平为公，而是以不平为公。对于卖者来说要给以让利，才能成交，这就是我们所说的让秤高一点。

对于法官来说，双方当事人好似天平的两个托盘。如何把握好天平的尺度呢？对于原告来说总要作适当让步才能达到调解目的。对于强者来说，往往是要吃点小亏才能把事情摆平。即使当事人不提出要求，法官也会考虑让强者出点血。关键是如何出，出多少的问题。

追求公平，是法律人的执着，在案件的审理中，当事人认为法官与律师是一架天平的两个托盘。有律师说自己与某法官是哥们儿，有的说是老朋友，这是一种不可能的事实，因为法官与律师隔着托架，法官与律师不可能成为不变的朋友，更不会是一家，各有职责，各有境界。

如果律师以法官的心证与当事人的期望看作两个托盘又是什么感想呢？一架天平，哪边的托盘放置了重物，就向哪边偏了。重物是证据、理，还是礼呢？我想承办的律师、法官及当事人心里都清楚。这或许就是所谓心证原则与自由裁量权。

人生也是一个天平，恋人、朋友、家庭、事业、爱情和友情在天平的两端上下摇摆，人们不断地寻找着平衡点，希望保持平衡，但世上无两全其美。两全其美只是我们美好的愿望。

沥青湖的悲剧

特别喜欢中央电视台赵忠祥老师主持的《人与自然》节目，他站在动物的视野观察人，站在人的角度分析动物习性。加之赵老师形象生动的解说，让你从动物的行为举止体会很多做人、做事与珍爱自然的道理，并给观众以很多生存的法规与人生哲理。如"沥青湖"中的悲剧故事，说明了任何利益面前都暗含风险，甚至需要付出生命的代价。

在拉丁美洲加勒比海的东南端，有一个叫巴哥的小岛。岛上有一个面积不到半平方公里的小湖，同一般的湖泊不同的是，它的表面覆盖了一层硬化的沥青，被人们称之为"沥青湖"。

原来，由于地壳运动，岩层破裂，地下储藏的石油和天然气溢出，并通过裂隙，涌进死火山口，溢满成湖。随着时间的推移，油气挥发，湖面上堆积了一些灰尘，后来长出了丰硕的青草，恰好，一头壮实的水牛看到了肥硕的青草，它没想那么多，就凭着本能走向了青草，不久，它发现自己陷入到了沥青之中，难以自拔。水牛越挣扎，沥青就裹得越紧，最后终于没有挪动之力，只能伏在沥青面发出哀号，不能动弹。不久，狮子发现了挣扎的水牛，再后来，引来了黑熊、老虎，几乎同时，嗅觉灵敏的狼和鬣狗发现了没有攻击能力的老虎与狮子，当方圆几十公里的一切食肉动物发现有这么多食物可以享用时，都忍不住冲进去想要一饱口福，甚至凶猛的飞禽也没放弃这些极具诱惑力的美味，结果无一例外，全被牢牢地粘在沥青湖里动弹不得。最终都将走向死亡，逃脱不了葬身沥青湖的厄运。

尽管每年都有大量的动物死在沥青湖上，但是，每年仍然有许多动物前赴后继，重蹈覆辙。原因就只有一个：禁不住那浮在湖面上的美味的诱惑。

人世间也有许多诱惑像沥青湖那样的致命，又有多少人能摆脱得了这种诱惑？

虽然很多人明白这个道理，却很难管住自己奔向沥青湖的双脚。官场、商场、投资更是如此，我们亲眼看到一个个项目，一次次提升，一个个神话，都被美丽的外衣所包裹，散发出诱人的魅力，迷惑、吸引无数的利益者前赴后继、纷至沓来，不断地重演着沥青湖的悲剧。那就是一个个的沥青湖，多少人被它诱惑而沦陷，最终付出惨痛的代价。

遏制住人性贪欲的蔓延，管好自己的手，管好自己的胃，管好自己的腿，更重要的是管好自己的心，坚决顶得住诱惑，不被诱惑所左右，面对形形色色的沥青湖而不动心，才能笑到最后。

但愿沥青湖的悲剧不再重演。

有敌则壮，迎奉则伤

在偏远的山村，有一猫户，与其他猫族一样世代以捕鼠为生。这家猫户有对憨厚老实的猫夫妻，生了一对双胞胎，老大出生时全身纯白，取名白猫，老二出生时全身纯黑，取名黑猫。

白猫与黑猫长到能够独立生活时，他们的父母采用抓阄的方式决定了白猫与黑猫的命运：送白猫到大城市的鼠性研究大学深造，留黑猫在身边，子承父业，学会捕鼠。

三年后，白猫拿到了大学本科文凭，还有六级鸟语资格证，捕鼠专业资格证，灭鼠识别机应用等级证等。黑猫当然什么证也没有获得，只从爸爸妈妈那里学到了快速捕鼠的独门绝技。相同的是白猫与黑猫都要离开父母到外地寻找工作，他们都要能够独立生活，都面临结婚生子、养儿育女，还要每月给父母上交一定数量的养老钱。

幸运的是白猫与黑猫都在同一天且在同一城市的猫才市场找到了理想的工作。白猫被一家国有大公司聘用，黑猫被一私有公司聘用，当然他们的职责都是被安排到市郊的仓库灭鼠，奇巧的是两家企业的仓库相差不到 500 米，都有近十万平方米的副食储备库，老鼠的密度在每平方米两只以上，鼠患让两家公司的老板头痛不已，只好成立专门的灭鼠部。

上班的头一天，白猫与黑猫都被安排到灭鼠办公室任部门经理。几天的工作熟悉后，两位部门经理都拿出了自己的灭鼠方案。当然白猫的方案有论证、有条理，更让老板高兴的是有可行性分析与具体的组织措施。黑猫当然没有白猫那么高的学问，只是按公司的规定拿到内部人员仓库准入证，就带自己的一位同行到仓库查看了两天，就向老板提出了需要招聘刚满周岁的小猫若干只，并提出了自己的训练及薪酬方案。

在一年的灭鼠过程中，白猫想了很多方案，但灭鼠总不见成效，但总能得到老板的赞赏，不论他提出什么都能得到老板的批复。关键是每次都能让老板高兴一阵。如说为了对灭鼠进行统计性分析，需要配备现代化的设备，老板理所当然地得到了最先进的办公自动化装备；说为了掌握老鼠的习性，要采购一批进口的全天候监控设备，当然要到先进的国家去学习别人的灭鼠新方法，还提出让上司带队，理由是领导重视了，问题才能解决，灭鼠不可能不取得成效，至于何时能够解决鼠患只是迟早问题。白猫还有一招就是特招了一只小花猫，专门负责上司的日常起居，给上司的办公室整理得条理井然，并随时掌握上司的喜怒哀乐，每次的花销当然都由小花猫通过变通的方式从灭鼠专项基金里得以核销。在灭鼠的过程中，白猫提出了机械灭鼠法，采购了一大批灭鼠器，足够公司使用五十年，但这得到上司的准允，当然也经过了严格的市场准入、资格审查、招投标等一系列的繁杂手续。白猫还提出药物灭鼠法，采购了数十吨灭鼠净，足够该公司使用百年以上，很多人一眼就能够识别出该鼠药的保质期才两年。白猫在工作中小有成就，成了猫协理事，发表多篇论文，每次在公司参选优秀论文奖时，总有上司的名字挂在第一位，当然是一等奖。白猫在几年的灭鼠中还提出了黏纸灭鼠法、水泥溶胀法、食物节育法等，每次都能获得公司的特别奖励。白猫还研究了一套"堵、查、饿、捕、毒"综合防治措施，并在猫科协会立项，获得技术进步一等奖，为了迎接上级的检查，白猫专门从市场上采购来一批死鼠进行成果展，从黑猫那儿借来几只为首长进行现场表演，自然受到上级的嘉奖。

黑猫也想了很多办法，灭鼠的成效日益见长，当然得到老板的不少奖赏。为了提高新招员工的捕鼠技巧，黑猫不分黑夜，带着他的弟子们热练三夏，寒训九冬，每一位员工都学会了"跳、跃、捕、抓、压、挤、戏、追、堵……"等基本的捕鼠技巧。

下面摘录的就是黑猫的一次培训内容：

"我们是老鼠的天敌。跳跃和攀登是我们生存的必备本领，学会通过调节眼睛的焦距能力来识别老鼠的速度与距离，在漆黑的夜里也能'洞察一切'。我们还要学会耳郭的自由转动，要练就八爪的锋利，做到能伸能缩，掌部要练出肉垫，行走无声，能够出其不意地奔到老鼠跟前，置鼠于死地。"每天捕鼠数量不仅够员工自己享用，而且还有多余的，还可以拿到城里的鼠肉加工市场为老板换回现金。

三年后，黑猫被老板解聘了，没有任何理由。黑猫十分愉快地离开了他为之奋斗的公司，因为他所主管的仓库没有了老鼠的踪影，在黑猫的努力下，老鼠被灭杀干净。白猫也下岗了，因为公司严重亏损倒闭，资不抵债，最后被债权人提起诉讼，实施破产清算。

白猫与黑猫回到了老家，远离城市的感觉让他们有时间在一起相互交流，取长补短，白猫的捕鼠技能有了提高，黑猫对捕鼠的理论有了新的认识。没到一年的光景，黑猫原单位的老板开着大奔专门来请他，发出了高薪聘用的意向，但都被黑猫一一婉言谢绝。休息一段时间后，哥俩决定重新到大城市里去创业，在朋友的帮助下，他们开办了一家白猫黑猫灭鼠有限责任公司，黑猫任董事长，白猫任经理，小

弘扬正气

花猫（已是白猫的老婆）任财务部长。在董事会上他们总结了以往的任职得失，提出了公司的可持续性战略发展规划，有一条根本的原则就是以后要创出自己的品牌，无论如何发展不能没有自己的宗旨："有敌则壮，迎奉则伤"。

这是继达尔文进化论"物竞天择，适者生存"之后的自然发展之第二规则。白猫黑猫灭鼠有限责任公司的经营状况在哥俩的打理下自然日渐成长，蒸蒸日上。

青龙潜底与冰清玉洁的随想

现今社会，好男人的标准是上得厅堂，下得厨房。闲暇之余，在家人或朋友面前露两手，做二三道家常菜，品一品，想一想，何乐而不为。

其一，菜名：青龙潜底捞实惠。

主料：毛肚，鸭血，黄鳝；配料：豆芽，黄瓜等。

青龙潜底捞实惠实质上就是大家常食的毛血旺。家常毛血旺的配料为豆芽、青菜、黄瓜之类，而极品毛血旺的配料是鱿鱼、海参、大虾、山野菇、竹荪之类。青龙潜底捞实惠的基本做法是除黄瓜等可生吃的配料外，将主料用清水淖熟。然后将黄瓜等可生食的配料洗净切成寸段，四分入碗，再放置煮熟后的主料，配以少许味料和煮汤。当然不能忘了将鳝段用料酒去腥，毛肚要掌握好火候。再将花辣、尖小红辣、切成片的生姜等放入九成热的油锅，待其发烟时，连料带油一同倒入装过主料的大碗中，再配以少许葱花等。如果配料不能生吃，就要事先与主料一同煮熟入碗。青龙指黄瓜，因配料为黄瓜，其皮色青，沉于碗底而得名。

其二，菜名：冰清玉洁缚咸手。

主料：莲菜，猪蹄；配料：薏米，花生或黄豆等。

冰清玉洁缚咸手的基本做法是将买来的猪蹄收拾干净，切成寸段，经清水煮沸，倒出带血沫的焯水，再用清水没过猪蹄为止，煮开后，放入姜片、红尖椒、花椒、桂皮、八角、茴香、料酒，最后放入滚刀切的莲藕，洗净的薏米、花生或黄豆各一把。烧开后再文火炖熬约三十分钟，最后再倒入砂锅或高压电饭煲，用文火煮熬。熬好后，再揭盖放入适当精醋、食盐、糖、五香粉、味素等。根据口感、喜好调味后，再文火熬约十分钟浓汁收味。

青龙与白虎、朱雀、玄武并称四大神兽。青龙为东方之神，镇守天官，辟邪恶、调阴阳。四神之中，因其体相勇武被人们当作镇邪的神灵，其形象多出现在宫阙、殿门、城门等位置。

说到青龙潜底，是说作为男人还是要确保本性，做到刚直不阿，嫉恶如仇。面对诱惑、实惠，要时刻保持定力，否则你会一失足成千古恨。有朝一日，如因失利、失势，而信誓旦旦的老婆投了他人之怀，必定悔之不及。

荷花出淤泥而不染，而莲藕沉泥守清洁。由于冰清玉洁缚咸手的制作过程没有使用植物油、酱油等有色作料，熬出的汤十分清亮透彻，猪蹄虽属油腻，但薏米、花生或黄豆具有吸油的作用，还有较好的保健、养颜作用。莲藕经充分煮熬后，咬一口后，会有莲丝相连，如果你咬一口猪蹄后，再咬一口莲藕，就有莲藕丝束缚着猪蹄肉的感觉，味道甚美。

管住咸猪手！小心被缚。出手则被擒，不是不报，只是时候没到。

常食冰清玉洁，清欲淡贪而自洁；常食青龙潜底，百味交集而心静！色字头上一把刀，财字旁边有深渊。好男儿欲想事业有成，必得戒得了贪腐。

鞭策成长

月色心迹

俗话说："人过四十不学艺"。年近五十的我竟然向工作了近三十年的单位提出辞职，跨越数千里，来到了闽南的一个荒芜海滩的建设工地报到，成了名副其实的裸男。当天夜晚独自坐在沙滩，望着海上升起的一轮明月，竟然质疑这月色是否还是伴我一路平安、顺畅走来的那个月色。

海风一吹，觉得这月色有点冰凉的感觉，面对大海的狂涛也自感个人力量的渺小，流浪在外的孤单，油然勾起三口之家围桌赏月的温馨与静美。同是一个月亮，自然这海滩的月色、曾经工作生活和追寻梦想的月色和童年在家乡大堤上伸手可捉的月色浑然不同。

我所在家乡江汉平原，自然是四季分明。春有杨柳依依，夏有荷香满塘，秋有昆虫吟诵，冬有雪花飘扬。无论什么季节的夜晚，站在青翠的江汉大堤的堤面，回望村庄轮廓清晰的倩影，看到田野缭绕得不愿腾起的幔雾，看到河滩防洪林中月影婆娑的斜疏，顿感月亮离你是那么的贴近，那么的亲切，以至总想伸出双手去将月亮摘下，捧在手中，藏在袖里，拿回去第二天早早送给"青梅竹马，两小无猜"的玩友作为礼物。那是天真、无邪的年纪。没有忧愁，没有烦恼。有的是抬头望月、低头识字的坦然和天真无邪的美轮美奂。

因为追寻梦想，因为相信外地的月亮更圆，更亮，更静谧，不到二十，就背起老父亲装满希冀的行囊，穿上老母亲弯腰系了一遍又一遍的千层纳底布鞋，离开了从走出第一步就魂牵梦萦的家乡，一个很少有人知晓的穷乡僻壤。从离开家乡的第一夜，我就始终望着那天空悬挂的明月，生怕有人偷偷换走或藏起，而找不到了回家的路。

踏上了寻找心中更明亮月色的行程，兴许，远方的月色更如一壶清澈凛冽的葡萄美酒，或似一盏明亮透彻的智慧灯。打踏上远行的路，憧憬与梦想和这明亮的月色就一直流淌在我的心间，月色激励着我"不怕吃苦，不怕吃亏""活着就是幸福，耕耘就是幸福"，一路前行。

时光匆匆，还没来得及品味到北方母校上空月色的晧寒与满地雪霜雕砌的冰趣，就从学校毕业分到了人口稠密，经济相对落后的中原腹地南阳。

饭后常散步于人工挖掘的翠湖公园，站在带着中原人对山特有的崇尚的假山旁，望穿身旁凉亭的长廊，掠过近处人工湖中泛起粼波的月色，透过远方层林尽染的高楼，遥望从云层中偷偷窥视我心底的月亮，充满遐想与好奇。那月亮晶莹剔透、冰清玉洁，时有些许的凉意缥缈地流淌于心底，鲁莽、青涩的岁月如同少年的无知，湮没在了迷茫的月色之中。选择登高望月也自然轻松、惬意。月色中，脑季里时常出现公式、定理的许多符号的游离，常奔波于文凭考试、执业资格考试与人格考试的特殊考场。累了，倦了，困了，就拼命地逃脱刺眼的灯光，窒息的书房，躲到一个宁静的小树林或长满常青藤的草地，望着熟悉的月色，望着抚慰的月色，心底的絮语自然流溢，身心顿然舒展。

这闽南静谧的夜晚，任温和的月色洒在身上，"把酒诉离殇""举杯邀明月"的小资情怀何以能消除思乡恋旧之别致，抬头望月，顿感月亮离得有点远，没有少时那么亲切，或许是老眼晕花，月色也没有那么明亮，更没有那么体贴。不可理喻的好像是这人生地不熟的月色无法听懂我心中的絮语，无法用言语将月色诱来将我短暂的困惑包裹，兴许是这闽南的月色也带有难以明了的南音，不是一个游子一天半会能够解读的"外语"。此时此刻才深感"四十不学艺"的古训，和"岁大不离家"的哲理。看来这"少小离家老大回，乡音无改鬓毛衰"也可改为："老大离家乡音浓，异乡月色不相融"了。这异地的月色也摇曳着无法沟通的"怪音"，多少有些让人忧伤凝重，心底自然也流溢出总往下沉的灰淡。

这难以听懂的月色如同染剂毫无声息地将异乡游子的头发一根根地无情漂白，乐观向上的黑素也越来越多地被银发遮掩。人生并非时时处处一帆风顺，在月色的变换中总要面对疾病的折磨，人际关系的复杂、事业发展的折腾和陌生环境的蹂躏与欺侮。虽有秦时明月汉时关的错觉，但我们总要选择面对，学会面对，用耐心、信心、雄心和永葆青春的激扬去与这非同寻常的月色沟通、融合。

哪儿的月色都一样明亮，关键在于你心底似脱缰野马的白云如何自由地掌控，让它自由地流溢、聚积与飘散。用少时的天真、青春的激扬，乐观的童心与这月色为友，让它将心底流淌的丁点儿忧伤及时地包裹。

"老马奋蹄知路远"，及老，本应伏枥，犹志在千里。既已奋蹄，怎能止于月色的蹉跎或暗淡。自己能够亲身经历、见证这片荒芜的沙滩建设起机声轰轰、管网密织、车水马龙的现代化的大园区、大都市是何等的情怀与豪迈，月色的心迹也自会随着岁月的流逝而越发淡泊。

心儿宁静，月也致远。

有诗，就有远方

"人生可比是海上的波浪，有时起，有时落，好运，歹运，总嘛要照起工来行。三分天注定，七分靠打拼。爱拼才会赢……"本在中原一家央企谋生，四平八稳，无忧无虑，每当闲暇与朋友们唱《爱拼才能赢》这首闽南歌曲时，心生不少烦恼与冲动。

常常驻足书屋，寻历史的秋实，品铅墨的余香。与诗人对话，与古人促膝。静心倾听文人骚客的指点激扬。如今毅然而然地背起行囊，义无反顾地投身到了中化在海西火热的项目建设现场。不久就写下了"别惜中原过红都，志在闽南卧泉州；时过仲秋夜渐寒，雨落东海浪涛休"来为自己加油，为自己鼓劲。

远离家乡，远离亲人。难免会有唐代诗人张咏"帘幕萧萧竹院深，客怀孤寂伴灯吟"的感叹。虽身居城中闹市，也难免会有"庭院幽深，瑟瑟秋风，摇动翠竹，掀动帘幕，他乡异客唯有孤灯相对，自吟自怜"的忧伤。每逢佳节，总难摆脱心中幽深院落之寂寥，怀乡情愫之深沉。

由于初始学历不高，知识结构自然有限，参与到海西大项目的建设之中，又何况承担了专业性很强的法律管理工作，需要了解项目建设的专业知识，需要掌握不断更新的法律法规，还需要有一定的涉外谈判与英语文字的表达能力，一些知识储备不足的负面效应顿生不少的惆怅，自然会因忧愁产生一些自卑。当读到孟浩然"之子期宿来，孤琴候萝径"时，自然联想到一个人在日暮下抱着一张琴，站在茫茫的山野里，弹奏一首大地之歌，画面如此的震撼。自卑也自然而然地悄悄地远离被西下的夕阳拉瘦的背影，没留得下任何痕迹，令我与书相伴随，与学相厮守，与困难相争锋。"人生会有窘迫，但只要有诗，也一定有远方。"可以说：诗从来不会过时，诗更广阔的延伸是令人奋进的号子。诗的能量可以穿越数百年，上千年，纵观历史，诗是催人奋起的号召，诗让人理性、深层与悠久。

记不得哪次烦恼时，选择陪友人到崇武古城散心。站在突起的石崖边，放眼一望无际的大海，倾听海浪拍打岩石的声音，那是美妙的乐章，惊涛骇浪，溅起无数水花。赤脚行走在黄沙银壳铺就的海滩上，海水又似那般温馨，细浪那般地多意地和着细沙，令你不忍离舍。

当享受了海滩的柔情之余，踏着古城石砌的台阶，缓缓地步上城墙，寻觅不到战马撕咬的痕迹，也闻不到硝烟无情撒下的烟腥，跑马道上从石缝中顽强生长出的野草与无名的小花任由微风在墙头摇摆，似在向你微笑、细说。轻柔的海风从发尖掠过，翻过沉甸甸的史册，何能心静，又何能气平，不禁思如泉涌，自己欣然赋诗：

古城新雕巧成趣，铁炮铜铠掘成史；

凭吊沙场游人云，遥想海东通海西。

诗情给了自己加入海西建设的理由，或者又无须什么理由，这儿就是我梦中追寻的归属。我的忧愁与自卑油然而然地游离灵魂而远去，羞涩地躲进波浪之中，逃得无了踪影。

往年初冬的一个周末，与同事冀玲闲步至惠安县一片瓦寺，被山顶巨石天成的寺庙所惊叹，名为"一片瓦寺"，实为石寺。看到无数飞石，不论大小，不分贵贱，相缀于山顶，正是它们"同呼吸，共命运"的无私奉献，成就了供奉玉帝的香府。走进幽静的洞天，让人敬畏的何止是佛神的威宁。联想到自己服务于海西，投身于项目建设，海西大建设又何尝不是我们心中帝府的感叹油然而生，而帝府又何尝不需要我们每一位游子的默默无闻，无私奉献。

感慨万分，抒发出了：

片瓦成寺开千古，八闽香客远疾苦；

闲步拾阶叹飞石，呼吸无声为帝府。

这称得上我入闽之后的得意之作。

烦恼时，走进自然，与诗而拥，与美相抱，会发现大自然无私的惠赠与施舍。闽南的古榕与古村落令人咋舌，拍手叫绝。这儿的寺庙格局宏伟，简直就是诗的语言、诗的符号与诗的意境。出砖入石，雕梁画栋，建筑之间绝无两样，或错落有致，或东西有序，但都是依山傍水，平壑填坑的杰作。给人的感觉就是"景就是诗，诗就是景"。包容着无数的山岚峻峰，奇花异草，这有深深吸引我，系着我的内涵。每到周末，几位驴友会不约而同，背上双肩书包，带上提前煮好的稀饭，热烙的面饼，还有水果，小菜等各自喜爱的小吃，穿行在山间古道，体会着山村人旧时接亲队伍快速穿越狭长古道的惊怵，我等脚踩沙沙而响的落叶，听着身边的潺潺流水，学唱着古人颠轿的疯狂，品味着鸟语花香，从心而涌的"鸟语依山静，落叶去无声"之慨，是何等的惬意，何等的放松。

诗是历史的积淀，令人敬畏，让人变得爽直，或让人保持沉默。面对人生的坎坷，诗令人保持心灵和精神的干净。当人们读到柳宗元的"千山鸟飞绝，万径人踪灭，孤舟蓑笠翁，独钓寒江雪"一定会拍手叫绝，这诗读起来意境甚美，哪会有半点的忧伤，实则是诗人被贬后的无奈心迹。一个"独"字把诗人的孤独与寂寞表现得淋漓尽致，剔骨透彻。诗对于身处逆境的寻梦者树立理想信念百益无一害，不可小觑。

不曾忘记 2008 年年初，中化海西项目建设处于关键时刻，辛苦谈下来的总包合同已经各方法定代表人签字盖章，但对方凭着强势的市场主导地位，毫无理由地就向我方发来终止合同的函件，真有说不出的滋味。这意味着我们的项目建设遇到了前所未有的阻力，或将无期限地拖延下去。面对这一情境，心生无限抑郁。而当读到李群玉的"云雨无情难管领，任他别嫁楚襄王"，又会会心一笑，一了百了。诗歌有时确实令人振奋，再读到苏轼："九死南荒吾不恨，兹游奇绝冠平生。"切身能够体会到诗人保持本质的坚持与执着，再大的困难又何足挂齿。而从诗人的背景资料了解到李涉，因被贬谪流放荒芜的南方而写下了千古名篇"因过竹院逢僧话，又得浮生半日闲"，再反复吟唱起张咏的"无端一夜空阶雨，滴破思乡万里心"，哪里还会有无尽的忧愁与感叹？诗句或给我以慰藉，或给我以安慰。诗确有"策马扬鞭，令人奋进"的正能量。

同样的春景，李白有"人生在世不称意，明朝散发弄扁舟"，苏轼自叹"人生如梦，一樽还酹江月"，而孟郊发出了"春风得意马蹄疾，一日看尽长安花"。人生没有永续的直行道，一路有诗伴你远行，时刻学会倾听诗的激扬，没有克服不了的困难，哪有好强之人跨不过去的坎坷。

"有诗，就有远方！"让我等海西的建设与见证者在诗的激扬中奋蹄前行！

追寻"出砖入石"的文化痕迹

入籍泉州十年，闲暇时间，总爱围绕泉州的一些古厝走走转转，在寻找历史留下的痕迹，也在欣赏一种内在的美感，几成习惯。

这痕迹，这美感，别具一格，那就是村舍间红砖白石混合构建的闽南老厝的外墙，令人倍感亲切，百看不厌，每每总有说不出的兴奋与感慨。

红砖白石或青石结构，红白相间，点缀以青石构件或饰件，色彩绚丽，那些不规则的几何图案令人遐思，不得不让我对闽南工匠们的巧手赞不绝口。

这些以不甚规整的白石块和红砖瓦砾混砌而成的墙面石块稍凹，砖片瓦砾稍凸，泉州人形象地俗称作"出砖入石"。实质上"出砖入石"就是填充墙与抗碱墙，厚度在50厘米左右，用残砖碎石丁顺砌成，内纳以灰土充实，具有一定的抗震防台风能力。在建筑材料局限的古代，"出砖入石"的出现，是泉州人民就地取材在建筑史上的奇迹创造。

在我看来，这"出砖入石"是一种历史的划痕。

"出砖入石"的红砖所呈现的红色是一种宫廷色、喜庆色，而大厝的墙的构造和装饰则更符合红色的审美特点。红砖与白石混砌，形成质地与颜色的强烈对比。同时石块作为面、点，砖缝作为线，点、线、面的组合又形成了那个特定历史时期独到的几何装饰之美。

"出砖入石"的传统工艺，以及坡屋顶、骑楼、燕尾脊等标志性闽南传统建筑村舍以其地域性的建筑风格和饱含文化痕迹的临路立面，与周边的环境或寺宇相映生辉。山墙上还有装饰，主要用炭泥塑纹花，贴嵌彩色瓷片，上雕有火纹、云纹及细致生动的人物、动物、鱼虫、花鸟等各种优美图案。可以说，闽南的古厝建筑，正是挖掘泉州深厚的历史文化积淀，展示闽南建筑文化魅力的点睛之作。

　　宫廷色、喜庆色，据传与闽南王有着不可割舍的历史渊源。相传闽王王审知的皇后黄惠姑是泉州人，每到连绵阴雨天气，便想起了娘家房屋破漏，不能阻挡风雨。于是闽王说："赐您一府皇宫。"圣旨传到泉州，民众误以为泉州一府无论何处都可以建造皇宫式建筑，遂大兴土木，数年间将各种可使用的建筑材料都充分利用上了。这也是为什么只有闽南的房屋色彩不避讳皇宫独享色泽的原因。

　　当然，工匠们的这种信手砌就、随体附形的原创性方法也获得了意想不到的成功，她的经济性、实用性及牢固性得到居民们的赞许。而这种建筑形式体现闽南历史沉淀，更是闽南居民以"金包银""鸡母生鸡仔""百子千孙"等意蕴吉祥的名称描述的独特的民居结构，"出砖入石"，更体现出闽南人在苦难中崛起的坚韧。而"出砖入石"有意识地砌成丁字形、人字形，生动地反映了闽南人民在营建安居福祉时，祈求大富大贵、人丁兴旺的良好愿望，或多或少，展示的是一种历史的划痕，这种划痕折射出向海面山的闽南人的不惧艰辛和刚毅。

　　在我看来，这"出砖入石"她体现的还是一种对生活的乐观。

　　"出砖入石"的出现，传说最早是明代泉州沿海一带遭倭寇袭扰后，人们利用倒塌房屋残垣断壁的砖石重建家园而形成的一种建筑方式。也有传说是明朝万历年间闽南的一次大地震的灾后，灾民们在一片废墟里，就地取材，利用坍塌破碎的砖、石、瓦、砾来构筑墙体，重新营造自己的家园。

还有一种较为信赖的说法就是泉州地处东海之西，台风常袭。早期的闽南村厝受建筑材料质地的影响，根本不具有抗台、抗震的能力，工匠们无时不在用倒塌房子的残存砖石瓦砾来重建家园，富有创造力的闽南人将那些被自然灾害摧残得"一团糟"的建筑材料顺手拣来，混合砌筑成有规则的墙体，用以摭风挡雨，安身暖体。时常石为竖砌，砖为横叠，砌筑到一定高度后，石块与砖砾互相对调，使前后砖石错位对搭，再使用泥水浆石灰黏合，辅于壳灰红糖水，使得"出砖入石"砌就的墙面坚固耐用。在历次的重建中，工匠们各显身手，逐渐成熟，固化成了典型的"出砖入石"的别具一格。为使其受力状态平衡，符合稳定的力学特征，工匠们通常会让砖要比石块面略向外突出一点，就形成了"出砖入石"的专业魅力。

当然，这"出砖入石"她更是一种工艺的精湛。

"出砖入石"能够达到力学上的完美稳定，这还归功于工匠们在砖墙的砌就过程中对工艺精湛的完善追求。不同的工匠会根据各自的砌筑习惯，按照现场石块的形态、点状、条状、块状等自然条件顺手拈来，嵌在砖砾之间，看不出些许的迁就、勉强，完全是一种巧趣的天成之作。

"出砖入石"中石块所占的面积比例，有的是一两块石头作为点缀，有的却是满铺满排，特别是灰缝的处理，凹缝、平缝均有，有的是整个墙面，有的是下部墙体，有的设置在拐弯抹角处。这种石块与砖缝所形成的点、线、面、体的完美结合，很好地利用了石材表面与砖表面所形成的色彩与质感的鲜明对比，其白色石块面与红色砖瓦穿插组成变化多样的不规则构图。无论是石、砖的明暗度对比，还是两者色彩上的和谐共融，以及其中所表达的缓和与冲突的意境，都是

"出砖入石"这种独特工艺的别具风格之处。

"出砖入石"这一独特的工艺，将闽南建筑元素、人文符号与自然材料，巧妙地融入每一栋建筑上，同时随着现代工艺发展，显得更丰富、更大气，在建筑设计上更显闽南建筑文化艺术的传承。千山之闽南盛产多色花岗石，以闽南石、木、砖、土为原料，由闽南工匠精湛施工，将"出砖入石"工艺发挥到了极致。闽南古厝在建筑主体和立面以及柱子上也使用彩色花岗石镶成图案，色彩本原，美观大方，稳重和谐，使整体的美感大增，个性更加鲜明。

可以说，泉州工匠们广泛采纳在古建筑及近代建筑的细部处理手法让"出砖入石"这一独特的建筑工艺水平达到了极致。

"出砖入石"她何尝又不是一种艺术的奇葩。

"出砖入石"利用形状各异的石材、红砖和瓦砾的交错堆叠，构筑墙体，交垒叠砌。砖石虽然质地各不相同，以大块的灰白花岗石与片状的朱红色条砖穿插组合，用它筑墙、起厝、铺埕，呈现出方正、古朴、拙实之美。多样不规则的结构，反而整体烘托出浑厚、刚毅的砖石气势。用这种方法砌墙不但坚固防盗、冬暖夏凉，而且古朴美观。因而，被人们广泛采用，沿袭成风，成为我国古厝建筑艺术的一大奇观。

有趣的是，"出砖入石"本是就地取材、"废物利用"的无奈之举，但它在无意中竟产生了一种红砖白石色彩对比强烈的残缺之美，产生了一种人造的却又是"顺其自然"的不规则之美，更是一种只可意会不可言传的闽南地域乡土文化符号的独特魅力。据说这种符号是不同工匠门派之间传承的独到标识，记载的是一种特色的建筑文化传承。

可以说"出砖入石"的工艺在闽南广为流行，无论城区，还是山野、海滨，都随处可见。"出砖入石"透露着浓浓闽南味，在建筑上达到了功能和审美的完美结合，也记载着闽南人对生活的乐观向上，是一种文化的痕迹，也是对"爱拼才能赢"这一闽南精神的绝好诠释。

人生枉自虚浮

很多年前，曾经漫游惠安莲花山，在云霄殿的建设工地曾经听到一位着惠安女服饰的中年妇女与寺庙住持的对话，至今令人难以忘怀。

那位惠安女真诚地问住持：到寺庙做义工能够增加功力吗？我不理解这位惠安女所谓"功力"的含义，但住持的一番话给人以深刻的启迪。

住持答道：所有用心付出的人，都会得到福报，更何况"云霄殿是大福田"。一位凡夫俗子能够奉献自己的身体、精力、时间，放下自我的执着，尽力去做，便是"无我"；身体力行做利益一切众生的事，口里道的是柔和、赞叹、感恩的话，让听者心生欢喜，心生智慧，便是"无畏"；心里所思所想的是如何利于一切众生的念头，便是"无私"。这些就是佛道的清净，自然能消除业障，保得身心健康。

住持接着说，寺庙建设者都要用最实诚的心，用最上好的材料，用最好的选址，最好的技术，用最无私的奉献来实现心中的凤愿。我们每一位都是佛的义工，我们都要自我融入义工团队这个大集体当中，"以团体的需要为需要，以大福田的奉献为己任"，以每一个义工的小智慧汇聚成完成"大福田"的大智慧，任重而道远，再难的事情也就无所畏惧。

那位惠安女好似融入其中，只是不停地点头称是。住持还不忘反问：这难道还不能增加施主的"功力"吗？！

目前，我们正处在泉州的海西建设之中，无论职务高低，无论薪酬多少，无论来自何方，如果我们每一位都有一颗义工之心，身处这个建设大环境的大团队，都有那位惠安女的功力提升之心，用我们心灵的热忱，建设好海西，管理好海西，给周边芸芸大众带来平安，给社会带来财富，给我等众人增加功力或业绩。这何尝不是我们每一位事业之中的"大福田"。

那什么能够称得上义工之心呢？通过惠安女与住持的对话，不难理解义工之心的真正含义，无外"无我""无私"与"无畏"。

"无我"就是要有忘我的工作精神，在工作中充分体现"白加黑""五加二"的工作思想，一心扑在工作上，不能有些许的自我之心、非分之想和耽误之搁。

"无私"就是要有不计报酬的情怀。在工作中要一切以工作圆满为大局，勇于担当，直面责任，不计个人得失，尽每一个岗位之职，让自己的才华发挥到极致，不得有半点的私念。

"无畏"就是要有专业上的精益求精，做到无所畏惧，战无不胜。海西建设对于我们大多数人来讲，可能是新大项目，会有很多新难题、新技术需要我们去克服，新的知识需要我们去充实。每一位只有追求卓越，得到了知识上的充分筹备，才能做到无所畏惧。

只有通过在海西建设中树立义工思想，既增长自己的见识和各种工作能力，又使自己体会义工团体与社会上的其他团体所经历的工作过程的不同，团结一心，和合增上，始终保持快乐的工作心态，回避世俗工作中的各种钩心斗角、争权夺利的心态，使自己懂得如何选择人生道路，互相关照，健康快乐地生活。特别是在海西建设过程中，大家来自五湖四海，都有不同的工作经历，不同的专业背景，不同的知识结构，还会有很多时候，我们明明知道面对问题发生时，不该抱怨、烦恼，可就是陷在那里跳不出来，那就是我们的知识储备不足，我们的专业修行不够，我们的智慧不到，无法真正做到"无私"。如果我们怀揣梦想，抱着做义工之心，知识储备充足，专业技能精湛，自然而然"功德圆满"，面对问题时的心态也就自然平静了。

也就是说：义工者做到了"无我""无畏"与"无私"，自然会智慧大开，业绩陡增，也就成就了"我佛伟大，人生枉自虚浮"的大福田。

对于我们每一位建设者来讲，海西建设这个大概念就是心中的"无我"之业，这又何尝不是我们每一位人生之中最伟大的"佛"与"福"。

"心包太虚，量周沙界"。我们都要乐于做这"无我"大业之中的一名义工，在这个"无我"的团队，光大"无私"与"无畏"之精神，努力将海西这一圆我中国梦想的大福田打造成"国际一流，国内领先"的富强城市。

由房屋看南北方人的情感及文化差异

我走南闯北，对我国各地的房屋建造差异进行了研究，觉得北方、中原与南方建造风格存在明显差异，同时海边与内地人的建造风格也存在差异。这决定了他们的个性特征、情感类聚与行为方式乃至文化观念。

这称得上一个"椅子困局"：把两把没人坐的椅子放在快餐店通道上，中间仅留下一条让人侧身可过的空隙，然后观察路过的顾客的反应。

通过观察行为人经过这个"障碍"的结果发现，南方人倾向绕开椅子，而北方人则倾向挪开椅子，而中原人介于两者之间，更喜欢根据椅子间的空间挤过去，同时还要判断周边人的行为，甚至张望服务员的行为再作决定。

对很多人来说，挪椅子只是一个微不足道的小动作，更没有人会去关心这背后是不是真的存在南北文化差别或情感惯性及行为习惯。对于这个小动作的背后，反映了一个更宏观的命题：某一类人群是更倾向于个人行事，还是愿意团队合作。

显然，相较于更愿意从椅缝中挤的中原人或是绕道而行的南方人，为人处世持相对谨慎态度，北方人的行为方式更为直接，甚至粗暴，那就是把椅子挪开，甚至用脚去踢开，目的只有一点，给自己腾地儿。行为人毫不会去考虑周边人及服务员的态度与感受。

这就带来一个结果，似乎南方人会更顾虑到周围的环境及周边人的感受，比如这两把椅子究竟为什么会这么放？是不是椅子的使用者只是暂时离开了？当然体现其风险意识要强些，不愿意多此一举，以免会影响到自己的行程，往往迁就，并且表现出默不作声、小心谨慎的主观态度。

而北方人似乎并没有考虑这么多，对他们来说，椅子只是挡道而已。北方更具有开创精神，会毫不客气地挪开，甚至弄出一点动静来，或自言自语几句，以表现自己的力量与存在。相对风险意识较弱，表现出"此树是人栽，此路是人开"的侠情。

顺着这个思路往下推论的结果大概是这样：南方人采取行动会更

多地考虑到外界的因素，包括邻里的态度，大的事情还要考虑宗族的意见与宗族长老的表态，并不愿意与外人或陌生人发生冲突，或者尽量减少惹是生非的风险；而北方人则更多地考虑如何做才对自己有利，往往不假思索，并不是特别在意是否会因此与外人发生冲突（比如椅子实际上是有人坐的，只是暂时离开而已）。所以北方人行事，很少有听取宗族或家长意见的习惯。

心理学家认为，这反映出中国的南方人更倾向于互相依赖，而北方人则相对独立，或我行我素，人与人之间熟悉后，又容易产生侠情，喜欢个性张扬，好打抱不平。

实际上，另一个实验也反映出这样一种情况。房屋建造，形成了中国南北文化差异的起源。

通过对南北及中原房屋建造的风格的研究，我发现了中国会存在南北文化差异的原因：房屋建造风格决定了人的行为习惯及情感类聚的特点。

黄河以北地区的民宅为了防止寒风与风沙的侵袭就不得不筑起院墙将住宅尽可能地围合起来，形成自成一体的私家庄院。

从古代新石器时代的住宅群遗址中就可以看到这种向心式的住宅构成。到了夏商，中国已经有了将房屋设置在东南西北四个方向，中央设置内（庭）院的平面形式，被称为"四乡之制"。西周时期，出现了中国已知最早最完整的四合院。进入汉代以后，四合院住宅已经相当成熟，直至近代，中国民居仍然保留着厚厚的外墙，房屋围抱着中央院子或天井的形式。竖起坚固的墙壁，将住宅、村落、城市包围起来，可以说是中国建筑最基本的行为。

从文化性格看，中原人及长城以南的人相对要比南方人更注重于文化规范。北方天寒，物多收敛，人的心态比较严谨，儒家的实践理性所崇尚的是现实实践、冷静和脚踏实地的生活态度、伦理规范，所以注重人生秩序与有条不紊的居住空间的出现，是不足为奇的，并且北方古代地广人稀，所以北方四合院等民居的庭院一般比较宽阔，这样也可以接纳更多的阳光。

南方多见非规整型民居，甚至房屋与房屋之间紧紧搭接。尤其在丘陵地带，地形地理复杂多变，建筑不得不因地制宜。很少有长条形街道式的一字排开的建筑群，有的民居自家平面呈"一"字形，有的为曲尺形；有的有院落，呈马鞍形，有的没有院落，这种没有院落的民居，多见于临街就建的南方民居建筑；有的孤村独特建于山坡之上，室内平面多变；有的由多座毗邻的民宅组成一个连续多变的空间序列，平面和立面都可能参差不齐，给人以充分自由的独特设计理念。

总之，在文化心理上，南方由于气候趋暖，人的心态活动多变，加以地基条件的限制，尤其是文化传统的不同，其民居的非规范性可能明显一些。常常打破规划与祖制，因地制宜。

按建筑构造方式可以分为以下四类：由砖土建造的砖墙结构的北方中原地区的住宅；以木结构为主的云南、西南地区的住宅；江南地区内部主体木结构外包砌墙体的砖木混合结构住宅；闽南为代表的出砖入石的石厝结构。在此基础上，又可粗分为两大类：一类是北方的典型住宅，住宅室内不铺地板，四周是坚固的土墙或砖墙，再加上小小的屋顶，是一种墙壁型的住宅，四合院就属于这种类型，同时也是内庭型住宅；另一类是中国西南地区的典型住宅，在柱子上架上楼板与屋顶，讲究梁柱结构，充分利用尖屋顶的空间，以确保空气畅通，周围几乎没有墙壁的简单围合的屋顶型住宅。为了防御沙尘暴及北方敌人的来犯，北方住宅多用墙壁型。相反，为了适应多雨湿润的气候以及充分利用丰富的木材资源，南方多为屋顶型住宅。南方个别地区个别富裕家族，为防止匪患，也有采取外围墙壁型，如土楼式的建筑。在古代中国，墙壁型住宅和屋顶型分别分布在长江的南北两侧，后来墙壁型住宅的范围逐渐扩大，越过长江向南发展，于是屋顶型的分布范围就往西南方向退缩。同时，在这两者之间就出现了二者的折中型，这也可以被认为是汉族文化逐渐向长江以南一带发展的具体表现之一。北方墙壁型住宅一般设有用来应付干燥严寒气候的取暖设施——炕，而且为了能获得充足的阳光，大多采用由一层平房围合出内院的布局。相反在纬度较低的长江及江南地区，为了避开强烈的阳光而由二层或多层房屋围合出又高又窄的天井空间，这样的内庭型住宅非常多见。而外部由高墙围着，内部是各层楼板及屋檐外挑的木结构住宅，可以看作是对北方墙壁型住宅的一种折中。

从各地古建筑徒步行走的实地考察表明，北方人喜欢建造居家独院的村庄式的房屋，相对独立与私密，这样各家各户相互间比较独立，几乎都有自己的院门，即使再穷的家，也有自己院子相对独立的柴门，这样显得比较私密，使文化变得更加独立，很容易将外人拒之门外，包括邻里与亲属。而南方人喜欢房屋建造相互影响，前后左右相关性较近，或建造家族式庭园，能够居住百人以上，对土地的充分利用，可能使文化更倾向于相互依赖，很少有庭院式的门庭，相对比较开放，互相信任、融洽，而中原人由于过多遭受兵荒马乱或水患之灾，因此在房屋建造上，更倾向于向路、向河岸一字排开或两两相对排开成街坊式的风格，介于北方与南方之间，只是更多地考虑出行方便，或利用公路之便，或充分利用舟楫之利，以利于与外界的沟通，或出行方便，或相互照应。我认为，这种文化差异是由北方院子和以南方的楼厝为代表的，包括八角楼、三房七柱、前后庄院及北京的四合院等在内的房屋建造模式不同导致的。

我认为，由于南方多山、多水，少地，建造房屋需要对土地的平整、填造，喜欢群居，需要使用防卫、用水系统，对人力的要求也更多，不同居民之间需要协调，整个村庄相互依赖，因此村民们会建立起一些互助的系统，受此影响，这种文化就会变得更倾向于整体性。主要以宗族、姓氏为纽带充分发挥群体的团结合作精神。

　　而北方院落则不同，北方主要是平原，房屋的建造并不特别依赖集体行动，这使得居民可以相对自由地安排各家房屋的建造计划，也让与之相关的文化更倾向于个人主义或直系家族观念。

　　从人口迁徙历史来看，人口是中原（黄河流域与长江中下游流域为主）向南向北的迁徙。往北迁徙，首先要接受的是寒冷的天气对迁徙者体力的考验，需要个性与体力，主要是青壮年的独闯江湖或年轻人的结伴而行。而往南迁徙往往是举家相迁，不担心寒冷的天气对群体内老弱病残人的影响或伤害，首先要接受的是翻山越岭，需要智慧与相互的协作，往往是兄弟间或同姓氏间的举家迁徙。因此，在房屋建造上逐渐形成了各自的风格，加之北方寒冷，相互之间交流较少，而南方相互交流较多，可以在外面搭台演戏，宗族之间办事都在外面，凸显喜庆与宗族势力的强大。北方常用火取暖，因此对村庄的防火要求较高，不宜群居与左邻右舍相隔较近，而南方主要是防盗防匪，特别是沿海，男人常在外打鱼，因此留在家里的妇幼，人与人之间更喜群居，并在房屋建造上防盗防匪的安防功能较强。

　　所以，其实可以认为，中国南北文化的差异，从北方游牧居民喜欢独家安营，长江流域的居民选择面向河岸，而南方居民选择建造适宜大家族居住的大厝时，就开始存在了。

　　我认为，在"房屋建造"提出前，文化差异的原因主要有两种：一是闯关东思想。主张闯关东，往往是生活所迫，社会财富的不多，

159

或受到某种势力的欺压，他们受教育水平的不高，但具有较强的体魄，人们会变得更加个人主义和武断性。二是流民心理，在长期的漂泊中，对外人的防范心理较强，不易直接与陌生人合群。会使得他们认为与陌生人打交道更加危险，因而相应的文化倾向于孤岛化和小团体观念，从而形成了建造风格上差异，北方人倾向于相对保守，相对密封的庭院式村庄，而南方人则倾向于宗族群居式建筑风格，相对开放的门庭式房屋。

财富水平似乎也不能说明问题。无论北方、南方，还是中原人都有到外赚很多钱然后回乡建设房屋的，但在房屋建造上并不独立，而是严格按照当地的习俗建造房屋，无论外形，还是装饰风格，都尽量与当地保持一致。

有钱人在房屋的建造上倾向于个人主义。但建造风格上与当地习惯并无多大差异，只是对环境的要求或规模上更体现财富上的实力，而不会突破基本建造的地方风格与特色。

从房屋的建造上来讲，北方外部院落基本保持一致，而很少具有与环境或邻里协调的整体性思考。南方人建造充分考虑与环境或邻里的整体协调，一般建造前会与周围进行充分沟通，包括对朝向的选择，南方人多宗族思想，不同的姓氏的外来人很难融入群体，或多或少受到群体的排斥，这是受防御思想的影响。因此，南方人建公益性房屋较多，如寺庙、祠堂、会馆，而越往北，建造的公益性房屋就越稀少。

再者，南方温度较高有利于房屋的通风与保暖，但是温度高的地方房屋构造大多通风喜水，对社群的忠诚和对陌生人的防备要求就较高，反而让来自外界的人很难在社群内部得到容纳，而北方人的宗族观念相对较弱，因为闯关东不可能是家族式的行为，在非亲非故的情况下，相互的信任十分重要，相互间，包括邻里间，更注重仗义的行为，其房屋建造基本满足防风保暖的要求，而往南迁徙很多是家族式的行为，所以房屋的构建本身就是统一规划的结果，同时考虑出行便利，相互协商对土地有限空间的利用与开发。

实际上，房屋构造模式还可以在某种程度上解释为什么中国南方的宗族力量相对北方会更加强大。

由于群体建筑对用地、用水及安防系统的依赖，越强大的家族越能在用地、水资源及安防的职责分配的问题上拥有话语权，这反过来又会加强家族的影响力。两者的影响互相叠加，最终在中国南方形成了独特的宗族社会。

而宗族的一个主要社会功能，就是包含着血脉与宗亲的文化传承。例如在闽南的文化中，无论是高角戏，还是皮影戏几乎都有宋朝的遗风或影子，而讲究对戏台背景的设计。另一方面，宗族力量的强大，也会让生活其中的人更愿意通过调整自己去适应生存的环境，而不像北方人那样，很多时候要通过改造环境来谋求生存，宗族的观念很弱，不同姓氏的混居也十分地普通，相互间的抱团取暖心理十分明显。

所以，一个人的行为模式，很可能是由他的祖先到达哪儿，靠建造什么样的房屋来安居乐业所决定的。同时，环境及气温的影响因素也决定了人们建造房屋以安居乐业的行为模式。这是一种习惯，也是一种传承，更是一种情感类聚的结果。

随　　想

无为而为的蝉

连续数天的高温，房前屋后的清晨与傍晚，除了叽叽喳喳的鸟声，隐约中，又多了清脆的蝉鸣，从额头、胸腺里透出的臭汗让人感到了夏天的到来。

蝉又俗称"知了"，与蝈蝈、蟋蟀、萤火虫为夏夜里农村小朋友的四大喜好。或听享其声，或好奇其光，三五成群，相互嬉戏，构成一幅童趣的江南写生。当晨曦初露或晚霞渐消时，会听见一只嗓音格外清亮的蝉在静谧的树梢领唱，只需三两声，就会引来万蝉齐鸣，那声音抑扬顿挫，犹如一首万马奔腾的交响乐，瞬间弥漫到整个村庄、荷塘与田野。

我少时尤爱捉蝉，特别是它对歌喉的短暂展示，真让人注目与倾心。想方设法去捉它几只，放在眼前仔细摆弄，总想探个究竟。这样，时常会从屋后的柴堆里挑出一根粗长的麻竿，然后在较细端挂上一只纱布袋子，再用铁丝将袋口撑起，让袋子充分膨胀起来。蝉喜欢在柳树或杨树枝上，因为这两种树枝干的枝叶最嫩。在傍晚，太阳还没落下西山时，猫着腰，躲在树下，依着蝉声的指引找到它，慢慢地把麻竿往上凑，袋子口正对蝉的背，堵住蝉的去路，即使蝉发觉，也会慌不择路地投入其中，被逮个正着。

蝉逮来不是像蝈蝈一样为了听它鸣叫，也无须喂养。而是近乎折磨地让它不断发声，直到它筋疲力尽，才会随手丢弃到地上，任它回归自然。少年时，不知捉弄与折磨过多少蝉。至今，也没弄清它为何从长居于地下费力地爬上树枝，只知高歌，不知追寻高档的化妆品或求得奢华极乐，更不知道为拥有自己的一窝小居或像样的工具来武装自己而去发愁，而去贪婪地索取。

出于好奇，有时也在月色的夜晚，独自一人带着手电筒，到村后的树林里仔细地观察知了向上攀爬的情形。它只要从地面就近找到一棵树，就会不知疲倦地勇敢向上，直到它认为找到了安全的港湾，才会脱壳而出，为这胜利的到达而放声高歌。

有时在想，蝉为什么要高歌？吸引异性，还是因高高在上而兴奋，还是脱离了长时期的黑暗而欢喜，它几个月不吃任何食物，只以露珠解渴，连续几个月地高歌，直到生命终结，"知了，知了⋯⋯"鸣叫个不停。它到底知道了这世间的什么事，生命虽短暂，却要尽情地展示，是否因在黑暗的地底受到了太多的苦难与煎熬，才要用歌来赞美这夏日的温暖和绿色世界的宁静。

或许是世间的嘈杂让它回想起地下的安逸。或许是它后悔来到这个有些嘈杂的世界，却又无法抵挡世间轮回。它看到了不想看到的，听到了不想听到的。或许是它看到了人世间的太多悲欢离合，看清了人世间的钩心斗角与利欲熏心，人与人之间的那么多规矩、等级。它不是在高歌，而是在嘲讽。

据说，有的蝉为了高歌，要等待漫长的十七年。它呐喊了。没在呐喊中消亡，而是在呐喊中获得永生。它为人们歌出了无限的压抑和愤懑。它为人们道出了难以言表的真心话，还为人们说清了无为而为的繁杂纷覆。

到了闽南，人生地不熟，有时我也像一只蝉，写首《蝉思楚》借此诉说对于家乡的思恋：

我的家乡在汉江南岸，荷塘边，江堤旁，栽种的都是些绿绿葱葱的杨树和柳树，到了闽南常见的是些宽大的榕树，每当走到榕树下，偶遇蝉雨的丝丝凉意，就会激起对杨柳的情愁：

榕下丝雨凉，忆昔杨柳疏；

静听似闽音，释为蝉思楚。

枫桥随笔

说起寒山寺，就不能不提到唐代诗人张继写的《枫桥夜泊》："月落乌啼霜满天，江枫渔火对愁眠。姑苏城外寒山寺，夜半钟声到客船。"这是当年张继进京考试名落孙山，归途中夜泊枫桥，写下的千古绝唱。

寒山寺的钟声使他消除了烦恼，继续寒窗苦读，后来再次赴京应试，终于得中了进士。因而，苏州寒山寺的钟声能消除人们心中的烦恼，启迪心灵的智慧，寄托幸福的期望，给人带来美好吉祥的预兆。

来到寒山寺，闲步中静听了导游对寒山寺的新年钟声敲一百零八下的解释：僧人撞钟之所以要敲一百零八下，主要有两种含义。一是说每年有十二个月、二十四节气、七十二候（五天为一候），相加正好是一百零八，敲钟一百零八下，表示一年的终结，有除旧迎新的意思。二是依照佛教传说，凡人在一年中有一百零八种烦恼，钟响一百零八次，人的所有烦恼便可消除。寒山寺的钟声不但有悠久的文化历史内涵，还有奇妙的功能，这功能可以用十二个字概括"闻钟声，烦恼清，智慧长，菩提生"。

而寒山寺的闻名并不是其敲钟的独到，而完全因为《枫桥夜泊》。

第一，这首诗使它家喻户晓。"月落乌啼霜满天，江枫渔火对愁眠。姑苏城外寒山寺，夜半钟声到客船。"这些传世佳句，起到了文因景传，景因文名，钟声诗韵，名扬百世的效果。

第二，寒山寺最初的名字叫"妙利普明塔院"。后来在唐代贞观年间，这里来了两位天台山的高僧寒山和拾得，才改名为"寒山寺"。传说寒山、拾得是菩萨的化身，后来被人识破，两人就双双乘鹤而去。后来，佛门弟子就把他们神化为我国的和合二仙，成为人们喜闻乐见的神仙。民间传说，拾得和尚乘了寒山寺里的一口钟，漂洋过海到过日本一个名叫萨堤的地方，传播佛学和中国文化。

第三，民间相传，张继诗中涉及的钟，历经沧桑，在明末流入日本。清末，日本山田寒山先生便四处探寻，欲将此钟归还原主，但终无下落，便募捐集资，铸一对青铜钟，一送寒山寺，一留日本馆山寺。

我立于枫桥之上，久久不能平静。为众多的传说而感叹，看到今天的盛世，感叹中国的大好河山，慨叹历史，因而即兴赋诗一首，以示国人：

枫桥河底残月休，寒山寺内曲廊幽。

今人难觅古人迹，唐朝何解宋时忧。

海防古城随笔

中国是一个边境漫长的海防大国，其中形成不少人文古迹，海防名胜。位于东海岸的泉州崇武海防古城就是其中之一。

崇武海防古城坐落在泉州市惠安县东南的崇武半岛南端，三面临海，西面邻陆，地势起于大雾山脉，蜿蜒延伸东南，甚为壮观。她处于湄州湾与泉州湾之间，往北与莆田的南日、湄州互为犄角；往南与晋江的永宁、祥芝互为犄角；与东边的台湾宝岛隔海相视。

顾名思义，崇武意思就是崇尚武备。据说宋朝时，这里就称为崇武乡守节里。宋太平兴国六年（公元 981 年）惠安置县后，在这里设小兜巡检寨。元朝初期改为小兜巡检司。明朝洪武三年（公元 1370 年），活动在朝鲜和我国沿海的日本海盗集团—倭寇突然登陆祥芝的蚶江，对泉州地区的安全造成威胁。洪武二十年（公元 1387 年），明太祖朱元璋为了防御倭寇入侵，委派江夏侯周德兴巡视东南沿海。崇武的近邻海域遍布岛屿与礁石，地形复杂，易守难攻，是海西战略不可不防的国防要塞，历来为兵家必争。周德兴是个军事工程专家，他根据泉州沿海地区海岸线曲折，地形险要的特点而"一郡者设所，连郡者设卫"。崇武古城应属其所。

崇武建城算来已有六百多年历史。古城全部用白色花岗岩垒成，建有城墙、窝铺、门楼、月城、墩台、捍寨和演武厅，构成我国古代一套完整的战略防御工程体系。明代守丞丁少鹤曾有诗句赞道："孤城三面鱼龙窟，大岞双峰虎豹关"，十分贴切。

漫步于古城的城墙与岩石间，可寻觅到很多可佐证战争的遗迹。如隆庆年间黄吾野对太平景象的咏唱："海天南望战尘收，漠漠平沙罢唱筹，渔艇已鸣烟前橹，农人又住水边洲。"明代布政使惠安人戴卓峰龙喉岩上摹刻一联："嘘吸沧溟涵地脉，吐吞日月镇天池"，高度概括了崇武的雄浑气势，照见了先贤的万古英风。

有机会陪家人健步游，到崇武古城，踏着石砌的台阶，缓缓地走上城墙。寻觅不到战马撕咬的痕迹，也闻不到硝烟无情掩盖的余腥，跑马道上从石缝中顽强生长出的野草，眨着绿绿的眼睛。徐徐的海风吹过，翻过一页页史册，何能心静，又何能气平，不禁思如泉涌，欣然赋诗：

古城新雕巧成趣，铁炮铜铠掘成史；

凭吊沙场游人云，遥想海东通海西。

烟霞隐兰若的莲花山

莲花寺位于惠安县城西郊约二公里的莲花峰上，今建有玉帝殿、仙祖殿、观音殿、莲花童子殿。在一览众山小的莲花峰上，尤以仙祖殿、玉帝殿巍然壮观。

在与莲花寺住持的闲聊中了解到，此地历史悠久，风景旖旎，传说动人。站在莲花寺的制高点，环视四周，就会发现，这里算得上风水宝地，背枕群山，前瞻城关，雕梁画栋，怪石嵯峨，飞檐翘脊给人以岁月之静美，又有千木竞秀，花香袭人，香烟缭绕，仙风拂面，浩气冲天，游人如织之动感。

凭栏而立，极目骋怀，不觉心凝神释，同自然相拥，与万物相合。真乃海西的一大胜境！

莲花山巅，更是岩石罗列。几块奇石，状如含苞待放的莲花，形似祈诚拜月的山龟。无时不守望着海西，祈盼着平安。

这里伴着众多美好的传说。相传莲花山间有一巨石，对面溪涧旁的一只蟾蜍每天清晨以嘴衔水相浇，日复一日，年复一年，巨石绽开成了一朵美丽的莲花，八闽香客因而在此建寺供佛，祈祷天下太平，黎民平安。传说美哉，听罢不禁心动，提笔吟诵：

莲花烟霞隐兰若，映照浮屠不二觉；

蟾蜍衔水石绽花，无与伦比雾灵霄。

莲花山四周还有科山、平山与之遥相守护，分外妖娆，而惠安人的精工石雕更是无与伦比，堪称一绝。今逢盛世，人心思和，莲花寺旁又建灵霄阁，吟诗抒感：

平分秋色有登科，山水青翠分外妖；

东西和煦惠福地，南北香客梵音缭。

我们不能总陶醉于美好的传说，我们要为这神奇的山石喝彩。"智者乐水，仁者乐山；智者动，仁者静；智者乐，仁者寿"。在这个生活节奏越发快速的时代，能亲近山水，能智仁双全，不能不说是一件大幸事！

时常独自登上莲花山，或以健身，或以消遣，或以寻史，或以会友。莲花山主殿仙祖殿供奉何氏九仙，而新建的凌霄宝殿在仙祖殿西侧落成，其规模略比九仙寺小，显然其建筑理念是以先为主，喻仙为尊。看来八闽之人总是有其独特的思维方式，以诗相赞：

海风拂来遍山新，阳光和煦透榕荫；

九仙为尊凌霄倚，八闽惠民华夏兴。

美哉，莲花峰！

漫游玉带滩随笔

中国的南海，有一条泛着金黄色的玉带滩，在银浪的不间断冲刷中，犹如一条长长的洁白的玉带横卧在万泉河与南海之间，把万泉河与南海隔开。玉带滩的南北走向全长 2.5 公里；东西最宽处约 300 米，最窄处涨潮时仅 10 余米，是世界上分隔海、河最狭窄的沙滩半岛。

玉带滩因其为世界上最狭窄的分隔海、河的沙滩半岛而被载入吉尼斯世界大全，创海南自然景观进入世界之最的先河。

玉带滩是一条天然而成的狭长沙滩，外侧是烟波飘渺的南海，一望无际；内侧是万泉河，沙美向海的湖光山色。内外相映，构成了一幅奇异的景观。其地形地貌酷似美国的迈阿密、墨西哥的坎昆、澳大利亚的黄金海岸，在亚洲可谓仅此独有。

伫立玉带滩，左看右看，上看下看，一前一后，一海一河、一咸一淡，一动一静，恍然身临仙境，那人间酸甜苦辣、繁杂琐事仿佛化入万泉河水，流向那容纳百川的大海的胸怀。

大海日夜吞纳三河之水，玉带滩依海抚河。一侧是潺潺江河水的缠绵与恬静，一侧则是波涛奔腾的雄浑与壮观。细细长长的玉带滩就静静地横卧其间。一条窄窄的、长长的沙滩，千百年来任凭河水、海水的冲刷，稳稳当当地卧于二者之间，是不是奇迹呢？

漫步在松软的玉带滩上，会感到异常满足，可以细细体会大自然的赐予和绝妙，感悟大自然和人类互相依存的真谛。

踏上玉带滩，不得不被大自然的鬼斧神工所折服，一边是万泉河、九曲江、龙滚河三江出海，一边是南海的汹涌波涛。

漫步玉带滩，沙细细的，软软的。涨潮时，这边一个浪花打过来，漫过玉带滩，渐渐融入万泉河中；那边万泉河贪婪地吮吸着。看银色的卷浪，层层扑开过去，多像大海母亲在给它的孩儿滋哺乳汁，又如行云雾漫，恰似千珠万珠落玉盘，潇潇洒洒，好不壮观。

站在玉带滩上，面向大海，但见烟波浩渺的南中国海一望无际，层层白浪踏着铿锵的节奏，前赴后继扑向脚下，放眼远眺，海水的颜色分三层排列：略黄、浅蓝、深蓝直至无际的天边，远处渔船星星点点，近处海鸥起起落落，构成一幅绝妙的南海风景画。滩前不远处，有一黑色巨礁，屹立在南海波浪之中，状如累卵，突兀嵯峨，那便是"圣公石"。传说它是女娲补天时，不慎撒落的几颗砾石。此石有灵，选中这块风水宝地落定于此。千百年来，任凭风吹浪打，它自岿然不动，一直和玉带滩厮守相望。

转过身来，又见万泉河、九曲江、龙滚河三江交汇，鸳鸯岛、东屿岛、沙坡岛三岛相望，水泛银波，岛撑绿伞，渔歌起落，游人如织。千万别小瞧这万泉河入海口，它被联合国环保家誉为世界上自然景观保存最完美的江河入海口！

看到眼前的奇景、壮观，情不自禁，七步成章：

九曲三江戏玉滩，圣石孤屿坐相观；

银浪烟雨锁不住，碧波涟滟海无岸。

万泉河的玉带滩，到了南海不得不去的好地方。

思念，徜徉在香山的十月

或许只有爬了香山，只有在十月的蓝天爬了香山，才知道枫叶的意境，也只有到了香山，才知枫叶红的含义。

包裹在十月摇曳的枫叶，哪里也感觉不到梦幻的碧绿，站在标识的导图前，感觉不到美轮美奂。面前的山顶被淡淡的薄雾，轻轻掩藏，从石阶缓缓流淌出的音符，惊吓了树枝上的露珠。耳缘、手心、脚背感觉到丝丝凉意。望不尽层林尽染的山峦，仿佛挂满了苦日寻找的红豆，从此，思念，徜徉在香山的十月。

逃脱不了喧嚣的城堡，躲到没有人烟的海滩。在没有枫叶的季节，习惯了静静地漫步在湖畔；在没有枫叶的季节，习惯了对月低吟；在没有枫叶的季节，窗前进出的多是思念的情愫；在没有枫叶的季节，知道有人在云的另一端同样徜徉！

在没有枫叶的海滩、在没有枫叶的山冈，很想恬淡地坐下来，梳理心中柳絮般的惆怅，很想有一天，在枫叶摇曳的十月，在那没有风霜染过的山顶，借着不愿归山的斜阳，撕扯那永不陌生的身影。

如果说爱可以停留在枫叶摇曳的季节，那么思念就可以随风飞扬在天涯。感觉月光将身影拉长的时刻，知道今夜留不住梦的天使？当

随
想

窗前的落叶飘飘洒洒，树梢挂满了细细晶莹的晨露，那一刻，满眼都是摇曳的枫叶，还有重复着的凄美，直到星光渐稀，直到思维一片空白。

每当满眼枫叶摇曳时，一直想躲进蓝蓝的海，躲进青青的山，躲进被丰收与金黄铺就的田野，想着枫叶摇曳的十月，在那枫叶铺满的石阶，牵手的刹那，喜悦、眩晕与枫叶一同摇曳，所有的梦幻在摇曳的枫叶中徘徊，在忧伤的十月流泻，在没有枫叶伴舞的音符中嘶哑。

沉醉在枫叶摇曳的十月，沉醉在人头攒动的石阶，沉醉在泪眼望尽的镜湖，这怎么能叫人不遐想，怎么能遗忘定格在忧伤的影像，于是，因枫叶的轻柔而意志坚定，因枫叶的飘逸而业精如磐，因枫叶的演绎而硕果累累。

望着窗外，还不是枫叶摇曳的季节，心细细碎碎地，在鸟儿的叽叽喳喳中迷失了。满树的繁花，在一夜间悄然地，散落在铺满枫叶的路面，花瓣无助地依倚在枫叶之中，无论如何也不能低头将它们拾起，分不清哪是落花，哪是枫叶，拾起的是梦里飘飞的孤魂，包裹着一段斑斓的梦。只想问，曾被月光划伤的头额是否被摇曳的枫叶抚平。

世上没有语言能够表白，在枫叶摇曳的季节，苍白得如同飘浮在天际无雨的云。那远山，享受月光的抚摸，渐渐地走向鸟语的清晨，天边找不到游荡的痕迹，转眼消失在金色的田野，喜悦的鸟儿掩映在一片金色中，心底，回荡着一个呼唤，缠绵的思绪不只是粉色的回忆，恰似十月摇曳的枫叶，而我却正缓缓拥向西下的斜晖。

从此不再去香山，放飞的思绪可以畅游世界，而对枫叶的思念可以掩盖一座城堡。游离在音符的天堂，一遍又一遍地告诫自己，为何总要思念那无法重拾的落花，为什么总要冲泡那渐渐淡雅的陈茶。收藏起洗不掉的茶痕，远离命运的荒野，栽种归属自己的一片的绿荫，等待枫叶摇曳的时候，沐浴在晨曦袅袅的晨雾中，让思念无情地把思念捆缚到枫树下，不要让瘦弱的野马，驮上在沙漠游荡的孤魂，去寻找属于枫叶归根的那片绿洲。

"三星好乖乖"的随想

记得有一年的阳春三月到扬州出差，走到瘦西湖边，见到了一位银发老妈妈端坐在路旁，叫卖布娃娃。那布娃娃"肚大，手长，头光"，看上去十分的可爱。老妈妈说，"肚大"为福大，"手长"为寿长，"头光"为禄满，意"福""禄""寿"三星好乖乖。谈到"头光"为禄时，自认为博学的我也深感不解，忙不耻求问，老妈妈说，将布娃娃放到办公室或家里，经常在其头上洒水，七到十天就会长出绿绿的小草，这绿就意寓"禄"呀。

这福禄寿三星，起源于远古的星辰自然崇拜，也折射道教对我国思潮影响的根深蒂固。回到家后，查了一些资料，对福、禄、寿等诸神仙才有了更深的理解，也对中国民间传统思想的博大精深萌发了些许敬畏。

"福"，据传福神原为岁星，即木星。一说源于五斗米道所祀三官中的天官，演化为天官赐福之说。一说福神为唐道州刺史阳城，因其有抵制进贡侏儒的善政，遂被尊为福神。

古代人对"富"与"贵"的追求远远大于"福"，故在很多古籍中，福的地位并不是如何突出，甚至排在了禄、寿之下。福是代表精神领域的一种感受，可见，古人对物质上的欲望，亦不让今人。福是一种与物质追求相对应的精神追求，大千世界，芸芸众生，每个人的思想不同，所追求的境界不同，选择的标准不同，对福的理解自然就不同。

有说神仙住的地方谓"福地洞天"，而"福慧双修"却是指福德和智慧都达到至善的境界。自是我等追求的最高境界。唐代慧立《大慈恩寺三藏法师传》："菩萨为行，福慧双修，智人得果，不忘其本。"由此可见，福与心性是息息相关的。福更重要的是修心修德。一个人虽无官无位，也无财，但能知足常乐，这亦是一种福。一人长相面善，人们会说他有个福相，那是因为善、福都是与心相关的。看来善恶有报自有其道理。

"禄"，禄星原为文昌垣的第六星，附会为张仙。一说张仙为五代时在青城山得道的张远霄，一说为后蜀皇帝孟昶，即送子张仙。看来禄与送子张仙相似，说明禄最先并非指高官厚禄，而是多子多福。

词典中对于禄的释意为，古代官吏的俸给。如高官厚禄，官做得大，禄也就越多。现今则指薪酬、津贴等由国家划拨的正常工资收入，而不包括自谋出路的个人收入。有禄者不一定富，富者不一定有禄。看来劳动致富虽非厚禄，但也让人活得充实、自在。

"寿"，寿翁亦始于星宿崇拜，即角、亢二宿，是二十八宿中东方七宿中的头二宿，为列宿之长，故曰寿。另一说为南极星，在船底座，故寿星亦名南极仙翁。

寿是指一个人的生命存活的期限，生命长的即为寿，古代常有一句话，"寿比南山不老松"，希望人的寿命能像松树一样万年长青。寿代表着人类期望的一种生存极限，寿是以肉体生命的存在为评定标准的。寿排在福禄之后，是因为如果不长寿，就谈不上福，禄多又有何用呢。可想健康长寿之重要，我们一定要善待自己，注意养生，让自己健康地活着，快乐地过好每一天。

当然，叫卖"福禄寿"三星布娃娃的老妈妈还说，这福寿是先天所祈，先辈积德，父母所予，而禄一则寓意官运，二则寓意俸禄，也就是你的财运，禄更多地要依靠自己个人后天的勤奋所得。而积阴德者如不知修德、养性，也未必能荫及子孙，如对子孙过于溺爱，还可能物极必反，事与愿违。这正是所谓"儿孙自有儿孙福"吧！人还是要积善养德的为好。

那位老妈妈虽然穿着朴素，但其对于福禄寿的解释真让我近乎崇拜。常记心间，终身受益。

品诗的情调与格调

品别人的诗需要情调，更需要格调。没有任何乐趣能够与同友人一道品诗相比。将与友品诗的感受摘录于此，与益友分享，更是一种无法言表的乐。

三月雷：农夫君，近日被《凝魂》（四四）所迷，多日难以熟睡。也许是同感，也许有共鸣。想必农夫君也是法律之人，通过自己的感悟，妄自作许的改动，这样比较合乎做律师的思维习惯，请农夫君见笑见谅，多多包涵。

凝魂（四四）
雾起蓬瀛漫兖州，
谁驱野鹤乱紫鸥；
清音荡漾尘心动，

奔马脱缰待天收。

农夫：小作能让君同感共鸣，褒奖鄙人甚矣！吾岂非欣欣然！所改第二句甚好，只是"仙"与"雾"向来"同道"，不愿改。"瓯"也该改成"鸥"了吧？最后一句，如此改仍存在平仄问题。我会吸收君的美意，待这组小诗变成纸质稿件时，或许改将过来。再次谢谢！

你关于办案技巧的论述很有特色，让我想起了清代汪辉祖、董又槐他们的著作。

三月雷："仙"与"雾"虽同道，但过于直白，如果"敢问"，给人的意境与想象的空白就多了许多。用"乱"是因为野鹤可以乱真，让人误认为是鸥，顺理"紫"的效果优于"金"。当然"乱"还有鸥群被驱乱的视觉。

谈到办案技巧，品诗的动因也是缘于此。摘录于此，与君同乐。

每次接案，拿到当事人的材料，无不漏洞百出，矛盾叠层，犹如理不清的乱麻，给人以"雾起蓬瀛漫兖州"的感觉。

通过思维的运转，经验的感悟，如何区分"真""假"，"善""恶"。总想弄清要点、焦点与胜点所在，还想知责任该如何归理。不禁陷入"谁驱野鹤乱紫鸥"的意境。

从当事人的无助与对代理人的信赖的目光中，深感自己责任重大，何尝不是"清音荡漾尘心动"。当然也不排除利益驱动对代理动因的影响。

作为代理人，有时也是力未能助，总感孤立无援，是指出优势证据，还是做牢自己的证据链，还是回家悄悄地翻翻法规或谁的法理，还是问问当事人有否特殊的社会关系可以利用，还是任凭法官出招，厚望其良知呢。难免发出"奔马脱缰待天收"的长叹。

待天不是听天由命，待天也不是任其自然，无论多么复杂的案情，也总想达到预期的结果，那该如何是好呢？！

附农夫原作：凝魂（四四）

雾起蓬瀛漫兖州，

仙驱野鹤破金瓯；

清音荡漾尘心乱，

奔马脱缰莫可收。

（农夫：谢晖，山东大学法学院教授，博士生导师。

农夫君对法律文本及民间法有很高的造诣，其诗作也很令人回味，尊可为师。值此，对谢晖教授表示深深的谢意。）

想为她写诗

夜色里，总想为她写诗，而我并不是诗人，也不知道用什么语言去洋溢。

写诗需要冲动，需要灵感，需要内涵，需要人生的空白，因为只有白纸方能写出最好的诗句。写诗的年代自然单纯，总想为她写诗，又不仅仅是单纯，有那么多想说的话，又不想过于直白，用诗的含蕴，用诗的激情。似乎只有诗才能表达过于复杂的相思。

夜色里，总想为她写诗。

写诗需要冲动。一天天地走过，春天有鲜花，有蓝天。心被春的气息包裹得几乎窒息，幻想着海边、山野，携手同游，共享快乐；秋

随
想

天，沉甸甸，金灿灿。心被平静和恬淡塞得满满的，诗意也如小溪，陪心情一起散步。诗与思跃于指间，长句变成短句，短句拼成长句，总是拼凑不完，但还是要收笔，拼凑成了无数首诗，也伴随着无数的相思。

夜色里，总想为她写诗。

写诗需要灵感。因思，灵感时时跃于晕晕沉沉的脑际，随于浪浪漫漫的笔尖。犹如清清爽爽的小溪，飘飘逸逸的蝴蝶，还如光光滑滑的卵石，芬芬芳芳的无名小花。这是诗的世外桃源。这是思的无穷奥妙。在诗与思的高速路上，没有路牌，没有进出的箭头，更没有烦人的收费站，思的快车畅通无阻，时时相见、处处相依。

夜色里，总想为她写诗。

写诗需要内涵。没有较深的语言功底，就像海绵吸吮清泉，不经意的小事变成了默默的祝福和牵挂，一些平淡的岁月足迹也在月的阴晴圆缺中不断地演绎，执着而认真地谱写。思没有错，诗更没有错，岁月也没有错，错的只是时空，错的只是记忆不善遗忘。哪怕是残存的碎片，哪怕是星星的余烬，闪烁的只是一份份伤感，或许只是蜻蜓点水，虽归平静，但意境，似袅袅余音缠绕着思绪，将诗和思深深地嵌入到生命里。

夜色里，总想为她写诗。

写诗需要人生的空白。彼此已被社会染得五颜六色。哪里能够找到静静流淌的小溪，哪里有摇响季节的风铃；哪里有阳光明媚的沙滩，哪里有无人打扰的小树林；哪里有丁香的忧伤而没有阴雨的滴答，哪里有撑着花伞守着的诺言而没有城市的喧噪。等着四季的轮回，等着重逢的喜悦，等着笑容为过去慢慢地送行。

QQ 的封面没有玫瑰，因为找不到一个永恒的春季；思绪的文字，哪里能找到走不到尽头的小溪。"如果她是红玫瑰,我可能就是她衬衣上无意间撒下的米粒,如果她是白玫瑰,我可能就是她蚊帐上双手拍打而留下的血痕"。无论是白玫瑰,还是红玫瑰,我只知傻呆呆地望着,忧郁着是否会被她或无情的岁月而涤净无纤痕。

夜为孤独寂寞存在,夜更为思念提供了空间,夜还成全了因她而富有的诗与思。

夜色里,总想为她写诗。而她到底在哪里?能否听到我的心声?

生活没有答案,生活中的很多问题没有答案,如同我的诗,或许这才是诗一般的情感。

卷发、染发与长发

受到朋友卷发的启示,联想到证据材料如一束乱发,也难免受其谈话风格的影响,随心沿意,偶发于此。

这世上对于长发者的讨厌,莫过于美发师了。你想,如果都留长发的话,美发业还会那么兴旺吗?我想如此。女人看来是天生的情感型消费群体。而代理律师的职业更多的应当是理性。

如果女人的长发飘逸得犹如"疑是银河落九天",自然会引来无数的赏心悦目者,起码不乏回头一笑。三月雷考证"优秀"一词:"优"源于发黑,"秀"源于发长。当然见到黑而长的一头秀发气得要死的肯定是美发师了。

一般来讲,美发师首先会动员留长发者变成短发,会说短发是多么简洁;短发者变成卷发,会说她的脸型如何适合卷发;如果她是卷发，会说染发如此之展示个性；但染发之后，他绝不会说卷发好，更不会说长发好，只会说其他的发色更适合顾客个性了，当顾客的头发被其折腾得开始掉发时，他又会向顾客极力推荐营养护发素了。总之，美发师会根据顾客的情况不断推销他的产品。代理律师作证据时需要的就是这种收敛性思维，更重要的是学会还原证据的本质。

对于代理律师来说，把弄证据犹如美发师的心境。对于不良执业者来说，希望长发变短发，短发变卷发，卷发变染发；而优秀者总是要将染发还原卷发，将卷发还原短发，将短发还原为长发。染发非法！

说起染发，从证据甄别的角度分析，被染过的发质是油性的、中性的，还是干性的，从发色来看，是黑色、灰色、杂色，还是白色，从发型来讲是直发、自然卷，还是物理成型。甄别证据的目的就是要学会还原证据的本质。应当指出的是，证据是通过代理律师的慧眼收集而来，而不是通过代理律师的巧手创造出炉。

谈到卷发，就想起前段时间的一次庭审质证，对方向我方出具了很多手写的收据，几十张，以证明某工程垫支几十万元。由于第一审中对方并没有提供该重要证据，怀疑证据是后补的，但从何下手呢？如何说它是假的呢？把几十张证据复印一份，反复研究，左翻过来，右翻过去，把弄了半天，发现通过复印件中留下的纸边色度，可识别具有很多相同的齿印，经按齿印分类，结果发现所有证据可以还原为十多张作业纸，看来所有用于证据的纸质是属于同一本作业本的，并且是分三次撕扯下的（每次多页一起撕的），再看看收据的时间，跨越期间三年，而收据的出具人员从事不同行业，且都相隔很远，再看笔迹是四个人写的，把这些分析展示给法官及对方当事人，让对方当事人哑口无言，最后不得不承认所有资料是经一审后补的。补的东西就称不上严格的证据了，可想其证明力就尽失无遗了。

由此，不应当算作为朋友的卷发泼凉水，但对于从事代理律师多年的三月雷讲，阿妹始终是站在海边的长发者。任海风吹起那飘逸的长发，在银浪、细沙的衬托下，不远处的海鸥，赶海者都会蜂拥而聚，这如诗般的美景需要智慧的碰撞，而不是一味地欣赏！

谁能够掌握证据真实性，谁能够还原证据的本质，谁就能拥有成功者的喜悦。因为，证据的甄别是代理律师生存的基本能力。

不能小觑的文明曙光

人类文明的进化历经艰辛，其中厕所文明不可不提。

什么是人类的文明？人类的文明应又从何时、何事、何处算起？

我不是考古学家，也不是历史学者，难以正确回答。只是凭借历史的痕迹斗胆认为厕所文明才是人类进化的伟大壮举。在数千万年的人类进化中，我们的史前祖先懂得了人的排泄物在大自然中对环境的污染，或许是一次偶然的观察、发现，看到某些植物因吸收到腐朽物而疯长，而某些植物却因得不到营养而枯黄，经过观察、分析是动物、人的排泄物所致。因此，人从此有意识地收集动物与人的排泄物用来给植物施肥，获得丰收，从而产生了有意识的积肥、施肥的人类情感行为。

人类在群居生活中，随着知识的积累与进化，懂得了被污染的水源、食物会引起疾病或疾病的传播，他们也懂得了在居住地房前屋后设置方便之地，从此开始了厕所革命，厕所革命使人懂得了积肥的重要，

随
想

懂得了环境卫生的重要，也懂得了卫生习惯能够确保人类健康与长寿。

在厕所的发展过程中，到底是先有厕所，还是先呈男女有别。我倾向应该是先有厕所，而后有男女之别。因为在情感的进化过程中，任何事物的演变都离不开人们对生活物质追求的欲望来激发其用自己的聪明才智改造世界，而男女有别也是因为如厕的不方便或不安与羞涩而渐渐产生了分而为之的行为。因此，如厕是一种极具个人隐私的生活行为，不得趟开于大庭广众之下而随心所欲。而"男女有别"的文明曙光让人类的伦理、道德与健康观步入人间正道。这一"情感类聚"对人类的进化走向文明发展的殿堂功不可没。

考证厕所的起源，最早追溯到五千年前，在西安半坡村氏族部落的遗址的发现。考古人员发现当时的厕所只是一个土坑，从西周到春秋，厕所多与猪圈并排，而且一旦"某个坑"被"放弃"，就会用一个奴隶去填坑。于是厕所就成了"脏污"地方的代称。没有足够的证据能够证明那时的厕所是男女有别的，但其对奴隶的迫害令人胆寒。

厕所文化不应是一个被打着时代烙印的因素。有人曾给厕所下定义：是人类这种站立行走的动物进行生理和心理宣泄的特殊而又大量存在的场所。厕所不仅仅是生理排泄的地方，可能更是人们情感宣泄的地方。厕所里的行为多了去了，抽烟的、唱歌的、悄悄点钱的、搔首弄姿的、搞文学创作的……还有散发广告的，当然最多的也是些不入流，上不了台面的打油诗。

当然，就拿如厕这样的痛快事，也会闹出人命，据《左传》记载：公元前581年的一天中午，晋景公姬獳品尝新麦之后觉得腹胀，便去如厕，不慎跌进粪坑而溺粪而死。这沉痛的代价使得后世对如厕这样的事情多了几分谨慎。姬獳很可能是历史上第一个有文字记载的殉难于厕所的君主，由此暴露出人生无时不伴随着风险。如同喝碗凉水也瑟牙的古训一样,令人教训深刻。对于法律工作者讲,更是典型的培训教案。别说没有风险,任何事情都不会有绝对,只有相对。

《世说新语》有一段穷苦出生的驸马如厕的笑话:西晋大将军王敦被晋武帝招为武阳公主的驸马,新婚之夕,头一回使用公主的厕所。初见时,觉得富丽堂皇,比之民间住宅都强得多,进去,才发现原来也是有臭气的,心下稍微平和了些。不多时,见厕所里有漆箱盛着干枣,只当是"登坑食品",便全部吃光;侯完事后,侍婢端来一盘水,还有一个盛着"澡豆"的琉璃碗,王敦又把这些"澡豆"倒在水里,一饮而尽,惹得"群婢掩口而笑之"。原来干枣是登坑时用来塞鼻子防臭气的,而"澡豆"则相当于近世的肥皂。以后,家中来了客人,看见这种光景,都不好意思如厕。传说王大将军不管这许多,脱了身上的衣服进厕所,之后,穿着婢女准备好的新衣服出来,神情中充满骄傲。体现这上厕所也是一种享受,一处身份。

宋太祖赵匡胤平定四川,将后蜀皇宫里的器物全运回汴京,发现其中有一个镶满玛瑙翡翠的盆子,爱不释手,差点儿用来盛酒喝。稍后把蜀主孟昶的宠妃花蕊夫人招来,花蕊夫人一见这玩意儿被大宋天子供在几案上,忙说,这是先王的尿盆啊!惊得赵匡胤怪叫:"使用这种尿盆,哪有不亡国的道理?"马上将盆子击碎了。

《孟子·离娄上》:"男女授受不亲,礼也。"在中国历史上,谈论厕所会被认为是不礼貌的,厕所这个主题在很大程度上被忽视。有关中国厕所的论著也很少见到,因此在公厕文明的教育上有着极大的开发潜力。尿盆与酒器难以分辨,这大抵是古人审美趣味不同造成的一段政治笑话。

人类已进入高度文明的时代,厕所成了男男女女放松、振奋和感到享受的圣地。人们必须关注所有公共厕所设施的更新改造,使人们

随
想

的生活质量不断提升。一个良好的厕所环境体现了对于使用者的尊重，反过来，使用者也会尊重它，这样，人们的举止也相应地变得越来越文明，厕所文化也因此独具特色。

或许，厕所文明还有很多令人捧腹皆笑的故事，但有一点就是人类文明的历史离不开厕所文明的承载；厕所文明的历史痕迹同样折射出人类文明的发扬光大。

格格的格调

磊与自称为正黄旗格格的她初次相识纯属偶然，也含着必然，或许是一种缘分，在一位朋友盛情邀约的晚宴上，没有任何心理准备就与格格相识了。格格一米六五的个头，五官还算端庄、秀美，而产后的发福让她腰部看起来多了几圈赘肉，着实让人感觉格格是饭来张口、衣来伸手的。可能是还处在哺乳期的缘由，格格穿着低胸的休闲衫，凸出了双乳的丰腴。好在脸额并不显得肥胖，本是双眼皮的眼睑被丰富的脂肪挤得上下眼皮几乎相拥，留下了一线眼缝，甚是可爱。初次见面就会让人留下印象。

格格握手的力度十分强劲，给人以女汉子的刚毅，让你久久不能忘怀。三言两语，彼此就没有了拘谨。酒过三巡，格格的话就多起来，一发不可收拾。虽然一向低调的好友多次提醒，也没能关闭格格的话匣子，一直叨叨不休。格格与磊的初次相见并不拘谨，就像十足的美食家，格格吃起来的样子是无所顾忌的，到了目中无人的境地，给人以埋头苦干的享受，或许脂肪就是这样被大口大口地吞嚼而填充起来的，对于格格来讲，减肥与运动成了一种负担与罪过。磊想：这样的胖女人不会有大的心计，而是非憨即傻的甜女人。

一周后，格格又主动与磊相约，说是有问题请教，而实质上是一次海吃的表演。格格比磊先到十多分钟，自然没等磊到来就点足了富含营养的数样美食。一个中锅的大骨炖竹荪的底料，外加一盘鲜活的大虾、一盘虾糊、一盘猪脑、一盘精品的羊肉、一盘鸭血、一盘豆腐，还外加两盘绿色的蔬菜。磊想，这俩人吃着实要浪费不少，起码够四五个同伴相聚打牙祭的了，或许格格思想单纯，只是位关注舌尖的品尝家，或许是好客的善意释放。

先上来一瓶十年陈的雕花老黄酒，不到十分钟，犹如喝水，两人就对饮而尽，又叫了两瓶半斤装的39度白酒。

二两39度的白酒下肚，格格的话匣子再次被打开。讲起了她的家世，爷爷辈就流着正黄旗的血统，后改了汉姓，随了蒙古族，磊心里明白这是格格在为自己的酒量寻找根据，或者说在为她对高热量的食物的需求或过于肥胖的体态寻找遗传上的论据，而磊总是听得津津有味，顾不得美味的诱惑，也接不上话茬。看着格格自顾不暇的吃相也着实感到轻松，与这样的女人打交道，理不会亏，心也不会累，所谈的必是肺腑之言，你没有理由去怀疑或不认真对待。通过谈话，磊感到，最让格格伤心的还是其父母的离异，自然格格诉说的是她所遭遇到的难以理解的不公平的对待。

在格格二十岁那年，刚进入大学不到一年，还陶醉在校园文化的青春萌动之中，有一天父母分坐在她的左右，给她一个至今都难以忘记的惊雷。格格的爸爸对她说：爸爸妈妈要离婚了，问格格到底是跟爸爸，还是跟妈妈。这是她从没有想过的。对于任何一位子女，面对此情此景，无论贫家、富家，都难以做出选择。

那天爸爸一脸严肃，妈妈满眼泪水。双亲的眼神里都是那样的坚定与执着，还似有对格格的乞求，但又流露出毫无商量余地的神色。格格半躺在沙发上，望着天花板与水晶灯一言不发。

格格无以言对，沉默了好一阵，母亲说，"你得开口呀，我们不能再这样吵闹下去了，我实在是忍无可忍了。"爸爸妈妈又吵了起来。

格格终于爆发了，"我谁也不跟，你们把我的户口迁出来就是。"她放声大哭，跑了出去。

格格后来总也回忆不起来她是如何冲出大门的，她什么也没有带，包括任何属于父母二十多年间对她表达爱意的礼品奖励，也包括她童年的爱好与少年的萌动，还包括小女孩特有的精美化妆品，更包括她为取得父母的欢喜而精心挑选的这资料那教材，等等。她把自己孤立了起来，走出去的那一刻，就再也没有想到过重新回到那个她曾经认为十分温馨的家，伴她度过了幸福二十年的家，最终给她留下的是一个难以接受的梦魇，一个不再存在的家。

格格从某一名牌大学退学了，她要用这种方式来报复无情的父母让他们永生纠结于后悔之中。格格匆匆与男朋友放弃了学业到了一个海滨城市。头半年靠昔日的同学接济，她曾经的大方、好施得到缓解了燃眉之急。同学之情、闺密之情让格格赢得了心灵的暂时慰藉。

当然，能够让格格喜欢上海滨城市的原因确实非同凡响。

有一天，落魂失魄的格格独自一人毫无目的地从市区走向了市郊，走到了一个无人知晓的小山谷。她累了，躺在了一个天然的草坪上，望着皓月与星星竟然睡着了。醒来时，无数的萤火虫向她飞来舞去，让她一下子没有了困倦与沮丧。突发奇想，她决心凭自己的能力办一个原生态的萤火虫放飞基地，寻求自然的回归，或许只有这样，才能心如止水，才能不枉为人，才没有那么多的仇恨与怨言。那夜，她朋友开车找到她时已是夜里一点多，她们离开那片山谷时，无数的萤火虫一起飞来，似乎在向她示意，表达盛情的挽留。

格格将父母的电话从此拉入黑名单，父母每次拨打她的电话时，自然得到的回答是："您所拨打的电话正在通话中，您所拨打的电话正在通话中。"

格格唯一没有忘记的是舅舅。一直保持着与舅舅的联系，在头三个月对于显示舅舅的来电只是接听，从不应答，听着舅舅的好言相劝，有时也不关机就搁放在一旁，任舅舅如何劝说，她并没认真听进一句。她总认为这世界不公平，对她过于残忍。好端端的家，一夜间让她成了没人要的孤儿。犹如那夏天的乡村夜晚飞来舞去的萤火虫。家对于她来讲，又有了新的释义。

在第六个月的时候，她终于给她舅舅一句准信，她在海城的一个同学家，或许寄人篱下的生活让她又一次更感受到了亲情的重要。更何况开创自己的原生态萤火虫基地，对于一位单纯的少女来讲，或许只是一场空想。开办生态萤火虫基地，需要资金、科学、管理与激情。而她只有激情，没有知识、没有资金，更没有管理的经验，她曾经陷入幻想，处于极度的苦闷之中。

舅舅知道她的暂居地后，二话没说，就径直从北京飞到了海城。

在接下来的一个星期里，舅舅给她很少交流，只是带她与海城的各方朋友，出入大小酒店、会所，更多的是满足她的食欲与好奇，对她没有半句的责怪。有一次，舅舅与她并肩走在宽敞的沿海通道上，那天不知走了多远，也不知谈了多少话题，但舅舅的两句话深深地触动了她。

舅舅说："你没感觉这个热闹非凡的城市与北京一样在人与人之间存在着等级与不同的格调吗？"也正如赵本山所说，人的差别咋这么大

随想

呢？而学历对于等级与格调的形成是多么重要。言外之意，任性的格格你必须回到学堂，否则，等你长大了，你会责怪舅舅没有给你讲清人生的大道理。而历史又不能重演，时间不能回转，你必须果断决策，与我回到京城。

还有一句，就是："你不要总说你没爸没妈了，我就是你爸爸，你是我的亲姑娘，你要跟我回去，我的家就是你的家，不要再分彼此。"这句贴心的话让这位流浪了近半年的大姑娘终于泪流满面，哭得几近嘶哑。

她没有辜负舅舅的教诲，顺利地回到了学堂，完成了大学本科与研究生的学业。但她还是不愿意见她的父母，她一再选择回避，在完成学业后，最终还是选择回到了海城。这座让她有过伤痕与感慨的海滨城市。这里有片萤火飞扬的净土。她为此铁了心，她要用自己的青春与热情开始付诸实践。

她给磊说，后来才知道自己是多么的幼稚，慢慢地也理解了父母各自所做的选择。

因为爸爸的出身不好，学校毕业后，就分配到了东北的一座钢铁厂。由于出身不好，好不容易追上了一位贫农的女儿。婚后，爸爸在单位是沉默寡言，在家很少言语，回到家里，每次与妈妈就鸡毛蒜皮的小事发生争执，总是被妈妈骂得狗血淋头。

妈妈总是叨唠不休，还乐于用爸爸最介意的出身刺激他，久而久之，彻底伤了这位心地善良的男人的心。

格格讲，她老爸在家十分辛苦，既当爸又当妈，把她这位小公主照顾得十分周到、体贴。几乎把所有对妻子的忍让放到了对姑娘的关爱上。回到家里，老爸总是默默无闻，洗衣做饭，收拾这，拾掇那，从无怨言。而老妈总喜欢跷着二郎腿，嗑着瓜子，看着老爸忙忙碌碌或垂头丧气的样子，总是一脸的嘲笑或窃喜。

改革开放后，爸爸毅然辞职，到北京单打独拼，不几年，事业有成，春风得意，还走起了桃花运，被身边的一位做财务小姑娘的细心照顾而感动，两位女人的巨大反差，尤其那种受到尊重、理解的感受让他又回到了年轻的时代，终于正视了自己的婚姻。

格格也终于打拼出了一份属于自己的蓝天。她毅然投资数百万元，办起了那个梦寐以求的原生态的萤火虫基地，每年投入几十万元。周围的人都认为她疯了，但她感到了慰藉。

萤火虫基地建成之日她将生活在东北的爷爷——已过百岁的爷爷接到了她的萤火基地。爷爷说，就是拿千亩粮田也不要换给别人，这真是世外桃源。

格格喜欢上了她精心打造的小农庄，喜欢坐在小溪边观察着白鹭是如何捕捉小鱼的。

白鹭为了在清水中捕捉到小鱼，会单腿独立，在几个小时内做到纹丝不动，两眼紧盯河底，当看到猎物时，迅速地瞄准鱼儿的双眼，用其尖硬的双喙将鱼的双睛拔出。鱼儿受到突然的惊吓和致命的伤害，立马浮出水面，白鹭迅速地叼起鱼儿一跃而起，消失在视野之中。她深深体会到了坚持与精确是成功的基本要素。她也因此不断壮大自己的事业，赖以发展自然的原生态事业。

夜晚，格格时常在夜空中与时闪时暗的萤火虫对话，她深深懂得了清洁的溪水养育的田螺是萤火虫赖以生存的基本条件，而自然的恬静，没有光的污染，适宜萤火虫生长的植物是保证萤火虫健康生长的环境因素，缺一不可，需要精心打造。

格格会在每年6至9月的周末，选择海城最有影响的晚报，相约数十家单亲家庭的母亲带着孩子到萤火虫基地参加"观萤火虫，回归自然"的亲子主题活动。看到幸福的孩子们，这让她感到了极大的快乐、成功与安慰。因此成就了她萤火虫格格的昵称。

你看那萤火虫，在从水生到陆生蜕化的那一刻，就要学会面对，要勇于发光，即使短暂，或明或暗，但毕生的努力或许就是为了成就其他同类无与伦比的光辉。"皓月树影疏，萤火飞扬静"。格格望着飞来舞去的萤火虫，品茶自乐，独饮邀昆虫的小资情怀在这恬静的山谷暴露无遗。

磊也被萤火虫格格的执着和对自然的热爱所感动。也许这就是人生，也许这就是上天的恩赐。任何挫折怨不得谁，还是大口吃饭喷喷香的好。磊总爱想起正黄旗格格吃饭无所顾忌的样子，顿悟之中不禁开怀大笑。

或许无心才是醉人之心，是难以琢磨的格调与境界。

后　记

或许《萤火飞扬静》这本三月雷的散文集该结尾了，在落笔之前，思来想去，我得向读者交代点什么，算是一种补遗吧。

还是谈点我对这样散文集编排形式的感悟吧。或者说是我对分类与情感类聚的看法，称得上切身的体会。

我是 1979 年入承德石油学校（即现在的"承德石油高等专科学校"）分析化学专业学习的。这所学校虽然是中专层级，没有清华、北大那么耀眼，但我还是很乐意地把她推介给大家，或许是从小受"儿不嫌母丑"的教育的影响。我从内心里感到自豪，她让我形成了初步的人生观与对事物的专业认识。

我的母校于 1903 年创办于天津的"北洋工艺学堂"，与天津大学、河北工业学院同祖同宗。我刚进这所学校时，那时的老师都已进入不惑之年，有的已近退休。他们与全国所有高校的老师一样，刚经历过一场大革命的洗礼，重新从承德石油机械厂回到教学岗位，老师们自然如鱼得水，有一种春回人间，重获天日的感觉。我们入校时，很多颜色深重而摆放整齐的图书都临时堆放在机械厂临时的仓库，我们新进校的学生都住在机械厂由车间改建的临时宿舍，一个宿舍按照班级分区，一个分区可以放几十张高低床。那个地方称作牛圈子沟，没有城里的半点繁华，随处可见的是北方人烧火取暖之后从炉膛里扒出的煤渣，还有乡下人上城里叫卖马粪或驴粪蛋的。学校旁边就是纳热河之水的武烈河，河水还算清澈透明，河两旁还有不少的白杨树，树荫下的河岸与河沟两旁干枯的沙砾算是老师、学生们课余散步的好去处。学校复办时老师们首先想到的是建设一栋图书馆，给那些用上好的东北红松木板垫放的图书找到应有的归属。图书的沉淀似乎就是一所学校师资力量的源泉或资本。

"十年树木，百年树人"。或许是各名校图书的沉淀所形成的独具特色的思想理念，因为一代代的思想结晶都归集在各校的馆藏之中。那时，每周所做的义务劳动就是将图书从仓库往图书室按照书上的四级分类标签进行搬运，标签都是用手写的，正宗的宋体，虽然时间让字迹有些褪色，但能够体现出填写者的细致，在搬运过程中不少同学会顺手牵羊拿几本到宿舍据为己有，老师们对这些书的保管付出了心血，甚至生命，见到这种行为并不追究，而是一笑了之。那些保存下来的图书使得他们温故知新、轻车熟路地很快投入到了教学之中。或许是分析化学专业的原因，渐渐地让我养成了做什么事都有了"先定性，后定量"的思维习惯，这一习惯是在化验分析的过程中养成的，有时嘲笑自己患了勤洗手，爱问底的职业毛病。所谓定性，实质上是一种对事物的分类思想，先确定事物的基本属性，而不管其含量是多少。用先进的方法弄清楚面前的样品含些什么成分，精细到由什么样的元素组合而成。专业的学习让我有了对系统知识点的侧重，化学分析给了我分类的启蒙。有了分类的启蒙，对事物的认识似乎有了宏观的感知，对于微观的东西也容易理解。记忆也随之增加，分析问题的能力也提高很快，大脑有了化学般的反应，自己都感觉有点神奇。正是这一神奇，让我参加工作后系统地对经济学、法律、财会、物资管理、信息化管理及证券投资分析有了学习的动力，并力争参加考试，让自己的分类与记忆能力得到各种考卷的检验或证明。

参加工作后，我开始学写诗词、散文与杂文之类的上不得大场面的豆腐块。个人也称得上那个时代的热血青年。那时的情感十分地丰富，有时会在夜半惊醒而提笔写上几句，并参加了诗人周荻帆所倡导创建的青年诗刊函授学院的学习。在诗歌知识系统学习与诗歌的习作过程中，将一切都看得十分的美好，思维变得异常的活跃，加之那时全国倡导向雷锋同志学习的活动深入人心，人性本善的概念初入人心，让我有了学习上的"钻"与"挤"。

后来，因为受全国普法学法及法律知识竞赛的影响，开始迷恋上了对法律的学习，这种学习绝对不只是站在法院布告前的那种好奇与惊叹。思维变得越来越严谨，不久，就顺利取得了法律的本科文凭，也取得了法律从业资格证，开始了法律的执业工作，或许是参加合同谈判，审核合同及参加诉讼审理案件的增加，人性本恶开始侵入我的大脑，喜欢与人争论，开始与谈判对手重复"先小人，后君子"的口头禅。即使有些属于某个领导的关系户，或领导出面要求在某些方面做些让步也不例外。面对合同条款就自觉地产生了风险意识，总不愿意做出让步，自然要得罪一些人，使得自己的秉性也发生了一些改变，冷静下来，或脱离谈判的环境，检讨自己总觉得有些较真，或者说是对风险的防范。我又开始诗与散文的创作，希望人性本善的初衷能够重新回到我的思维之中，或者让诗一般的美好来占据我的思维，左右我的情绪。有了人性都是向善的假设，风险意识也似乎降低了很多，但自我改造的效果并不佳。一涉及法律的问题，特别是涉及违约责任、侵权责任、保密条款及知识产权等合同条款的约定问题，认真的态度依然如旧，并没有受到写诗所留存的人性本善的影响。我感觉似乎大脑如同储存盘，有了严格的区划，而不同的区划有了严格的分工，写诗用的是诗的语言，与法律无关，从事法律工作是法律的语言，与写诗无关。并不存在谁占上风，谁适当让步的问题，更没有如同概率各有多少可能性的问题。

也就是说我做任何法律或创作的问题，似乎两者毫无关联，不存在各占多少因素的问题，在大脑的自动识别下，要么是法律问题，从人性本恶的角度来关注哪些会产生风险，哪些风险是可以接受的，而绝不会放过或评估什么风险可能发生或可能不发生，甚至有什么发生概率的百分数问题，如果是那样我的大脑可能就会造成问题，或许精神病人就是出现了这种分类不清的问题，或者在分类上出现了混同。使得它的大脑难以识别简单的问题。甚至面对他的亲人，他都要反复算计到底是好人，还是坏人，因此令他兴奋，大脑净做些无用之功，最终也没能令他识别开来，他也就陷入正常人的一片空白之中。我感觉我少时的同学（包括我自己）缺少分类思维就如同"弱智"一样，而天赋高的同学因为具有较好的分类，笔记也比别人记得好，他们的应试成绩自然卓尔非凡。而我在上中专之前几乎就没有分类的概念，大脑是一片空白。光凭记忆是难以应试的，而有效的分类才可以使记忆存储的容量更强大。

情感类聚就是这样的神奇，大脑帮助我们自动地进行了环境数据的整理与阅历数据的调取，你无须提前做出什么规划，到时自然如同泉水一般地涌出，而且纯洁无杂。人的情感具有鲜明的立场，要么是这，要么是那，要么正确，要么错误，要么肯定，要么否定，不存在概率上的各占多少的问题，大脑也不可能给出百分比的定性。大脑给人的答复就是1与0，1代表肯定或正面的状态，0代表否定或负面的状态。我对某些问题的存在采取使用概率分布来确定发生的概率有点怀疑，甚至持完全反对的态度。我的立场是某事要么发生，要么不发生，不存在发生的概率是某一百分比的问题。因为概率是人为的给定，不同的人辨识能力不一样，同一的事物其给定值并非完全一样，如果非要给定一个数，我觉得那只是做学问做出来的，或是一种情感的倾向。我无论处理什么问题，虽然一些知识具有相关性，但我觉得纳入某一知识范围寻找答案时，其他相关知识是不会来干预的，它们如同听命的孩子静观一旁，从不表现自己来做出有影响的行为。

大脑给你的反馈的所有信息一定是有立场的，而绝不可能是模棱两可。值得庆幸地是我学业杂乱，但并没有使得我的思想陷入混乱，感谢分类给我带来的方便，感谢神奇的大脑与生俱有的分类储存与信息反馈的自动检测系统。感谢情感类聚能够正确地使用大脑的自动检测系统，并使得我能够快速地思考问题，分析问题，解决问题并获得丰硕的成果。

分类就是一个神奇，

情感类聚同样是一个神奇；

分类让你眼界大开，

情感类聚同样令你眼界大开。